家族無計画

紫原明子

朝日出版社

家族無計画

目次

はじめに

夫と話すのは、何ヶ月ぶりだろう。

たった一度の呼び出しで電話に出るところが、事態の異常性を物語っている。

「変な噂があるんだけど……まさか出ないよね？」

単刀直入に尋ねる私に、夫は「ん？　うーん、まぁ……」などと煮え切らない返事をする。

「……ちょっと、さすがにだめだって。今回は洒落にならない。悪目立ちするだけで絶対いいことないよ。堀江さんだってそうだったでしょ？」

「うん……そうだよねぇ」

何となく同調したようなことを言うが、決して明確に否定はしない。これはいよいよまずいと思った。もしかすると、もう決意は固まっているのかもしれない。私の言葉を決断の材料にしているというよりむしろ、私をどう説き伏せようかと思案している態度ではないか。

「とりあえず今夜そっちに行くよ。遅くなるかもしれないけど、そのときにまた話そう」

約30分近く電話口で説得を試みるも、夫は結局、態度を明確にしないまま、夜にうちに来ると言って電話を切った。

一気に暗雲がたちこめる。こうなったらもう手がつけられないことは、10年以上にも及ぶ結婚生活で嫌というほど知っていた。日常の些細な困難からはいともたやすく逃げ出すくせに、それが誰も選ぼうとしない茨の道であればあるほど、多くの人に反対されればされるほど、突き進まずにはいられない、こんな時だけ鋼の意思を持つ天邪鬼《あまのじゃく》な人間なのだ。思い返せばこれまで一度も、夫が私の言うことを聞いて行動を変えたことなんてなかった。

けれど、だからといって今回ばかりはすごすごと引き下がるわけにはいかない。今夜、夫がやって来るまでの残り半日という短い時間で、何とか彼の心を変えさせるための材料を揃えなければならないと思った。……けれどそんなものどこにあるというのか。長い間ずっと探してきたけれど、結局私には見つけられなかった。家族がいたって、どんなにリスクを説いたって、彼は彼の思うようにしか動かない。

夫がやって来たのはその日の深夜0時を回った頃のことだっ

た。

やって来る、というのは、4年前から夫と私たち家族とが別々に暮らしていたからだ。今住んでいる家は、私と子供たちが住むために私の名義で借りた、夫の居場所のない家。彼はそんなわが家にたまにやってくるお客さんだった。

居間に入ってきた彼の顔を見て直感的に、ああ、今回も結局私の負けだな、と思った。

「で、どこまで話が進んでるの」

私が尋ねると、彼は私の顔をちらっと見て、意を決した表情で言う。

「……ごめん、遅くなって。さっきまで、選挙対策本部の決起集会だったんだ」

やはり。知らないうちに、事態はとっくに動き出していたのだ。

2014年、猪瀬東京都知事の辞任に伴う新たな都知事を決めるための選挙に、彼は出馬しようとしていた。聞けば、既に多くの優秀な人たちが、彼の選挙戦をサポートするべく善意で動き出してくれているという。しかしいくら万全な体制を敷いたところで、家族の同意を得ることは絶対に不可欠だと周囲に諭され、珍しく逃げもせず、こうしてわが家にやって来たというわけだった。

出馬したところで当選の見込みは極めて低い、俗に言う泡沫候補であることは間違いなかった。しかし夫は、そこに決して望みがないとは考えていないようだった。ネット上で冗談のように出馬が取りざたされ始めて以来、彼に寄せられていた若い人たちのたくさんの期待の声。それらを受け、少なくともあの時の彼は、嘘偽りない使命感に燃えていた。IT企業を立ち上げ、上場させ、そこで得た多額のお金を欲望のままに使い果たした。当時一通りのことをやりきっていた彼にとって、にわかに降って湧いた政界進出という可能性は、たとえどんなにリスクがあったとしても、希望とやりがいに満ちた次なるステップ

に見えたのだろう。

その日私たちは、明け方まで話し合った。無知がゆえの無邪気さかもしれない。これから始まる選挙戦では、何か大変なことが起こらないとも限らない。けれども、新たな希望の糸口を摑み、久々に晴れやかな顔をしている夫を見て、私の中でふいに、厳重にロックされていた扉の鍵が、カチッと解かれる音がした。この人との試合には、結局、永遠に勝てないのだろう。これまではそれを認めたところで、その先には希望も絶望もなかった。だからこそ、この試合から降りることができなかった。けれど、彼のこんな顔を見た今なら、……そしてまた、私自身の準備も整った今なら、清々しい気持ちで、諦めることができる。

翌日、家を出た夫はその足で会場に赴き、都知事選出馬表明の記者会見に臨んだ。同日、私は区役所に離婚届を取りに行き、

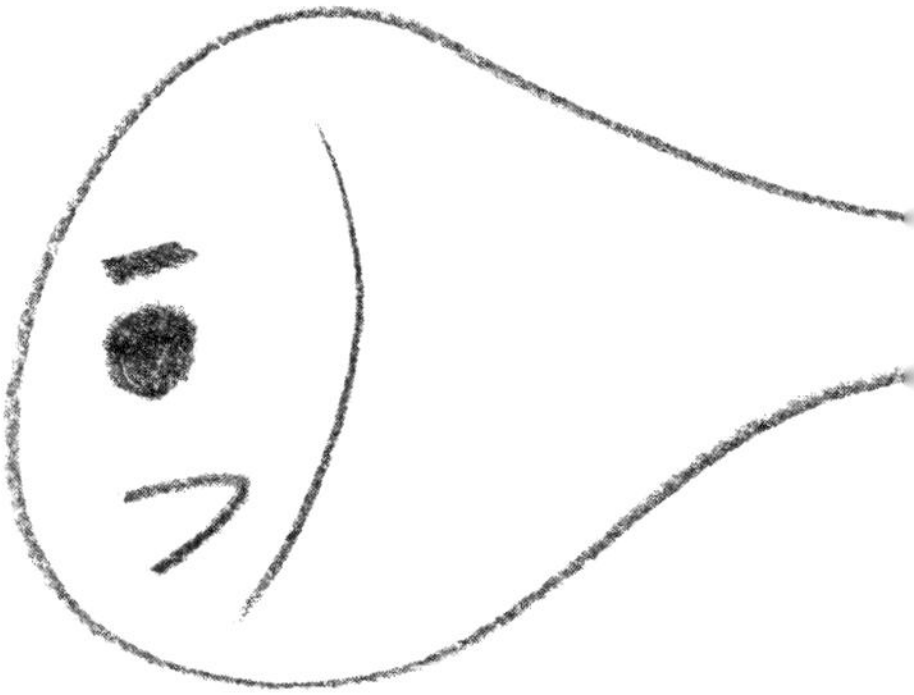

その翌々日に、私たちは晴れて離婚した。区役所に届けを出した帰りに、私はふらりとデパートの地下に立ち寄って、ちょっと豪勢なお惣菜を買って帰った。結婚してから、13年目のことだった。

「明るい家族計画」

かつてわが家にもそれらしきものがあった。

子供が生まれたらいつでも家族が近くにいられるようにと、夫は私の妊娠中に会社を辞めて起業した。あくせく働くことなく、かといって困窮することもなく、日常の小さなことに喜びを感じながら、ちょっとのお金を稼いで家族でつつましく幸せに暮らす。ベランダにハーブを植えたり、年に1回くらい旅行に行ったり、毎日ていねいにコーヒーを淹れたり、休みの日には川沿いを散歩したり。そんな暮らしを夢見ていた時期もあった。

……ところがそれも今は昔。私たち夫婦の物語はものの見事に、あらゆることが計画通りには進まなかった。植えたハーブはすぐに枯れるし、コーヒーは3日と続かない。彼ばかりでなく、残念ながら私もまた、ジャンキーのように、片時も休まず強い刺激を浴びていなければ絶えられない性分であった。

この本では、結果としてそんな風に、無計画な歩みを辿ったわが家の歴史と、後に独身に戻った私が社会に揉まれながら歩んできた道とを、いくばくかの反省とともに振り返っている。

時に新しい命をも迎え入れる家族には、いつだって大きな責任がつきまとう。そのせいで家族は容易に息苦しいもの、重たいもの、避けて通りたいものにもなりかねない。だからこそ今回、わが家の恥部を包み隠さずご開帳することによって、世の家族という共同体に、少しでも爽やかな風が吹くことを、切に願っている。

学級委員長だった私がノーパンノーブラの主婦になるまで

はっと目覚めて枕元のスマホを見ると6時25分。

しまった。今日は息子のテニスの試合の日だ。本来ならば玄関で見送っているべき時間。案の定まだ寝ていた息子を慌てて起こして、私は前日の夜に調達しておいたコンビニのハンバーグや、その他ありあわせのおかずをお弁当箱に詰めて水筒を用意。奇跡のような動きを見せたがこの時点で集合時間まで残り5分。歩いて行かせたところでとてもじゃないけれど間に合わない。さっと黒のロングコートを羽織って、車の鍵と財布を手に「行くよ」と息子に声をかける。

エンジンをかけ、アクセルを踏んだところではたと気付く。

そうだ、私、ノーパンノーブラだった。

季節の変わり目のせいか、昨夜はひどい蕁麻疹《じんましん》に悩まされていた。なかなか症状が治まらないので、やむなく原因となりそうなブラジャーとパンツを華麗に脱ぎ捨て、その上から部屋着だけを着て寝たんだった。

「今気付いたんだけど、お母さん、ノーパンノーブラだったわ」

黙っていたら、万が一不慮の事故でばれた時に本気の性癖と思われるかもしれない。先んじて息子に打ち明ける。

「まじか……」

後部座席の息子は、手元のスマホに視線を落としたまま、さほど驚きもせずに応える。

休日、早朝の都心の道路は驚くほど空いていた。息子は何とか集合時間ギリギリに待ち合わせ場所に到着。だらしない身なりの私は彼の心情に配慮し、物陰からその様子を見届け、ほっと胸をなでおろす。

起床から10分。半ば不可能と思われたミッションをクリアした達成感と、下着から解放された圧倒的な自由を噛み締める。

冬が終わり、春が訪れようとしていた。

思い返せば子供の頃の私は、とても正しい人間だった。

間違ってもノーパンで外に出るようなことはなかったし、万が一そんなことになったら、その後数年は自己嫌悪から立ち直れないくらいの精神的痛手を負っていたはずだ。子供なら誰もが持つ不器用さを差し引いても、幼き日の私は、いつだって自分が正しく、恥ずかしくない人間だという高いプライドを持っていた。家や学校で、大人の作った決まりを妄信的に守ることに全力を注いでいた。風紀を乱す男子を、ほうき片手に追いかけまわす。圧倒的な恐怖政治でクラスを支配していた私が付けられたあだ名はアマゾネスだった。

当時の私の正しさの原動力は「選ばれたい」ただこの一心だったように思う。褒められるのだって嬉しいけれど、何より、誰かひとりが選ばれるべきシチュエーションでは必ず自分が選ばれたい。学級委員も、作文コンクールも、児童代表のスピーチも。なぜか選ばれることにかける情熱が生まれながら異常に強かったので、誰に疑われているわけでもなくとも、いざという時のために絶えず正しい自分であり続けた。

ところがこの「選ばれる」という目的において、いつ何時も優等生を演じ続ける私のアプローチ、実はちょっと間違ってるんじゃないか……と、高校生のある時ふと気が付いた。というのも、小説や漫画、ドラマなど、選ばれた人の周りにだけ素敵な物語が展開されるファンタジーの世界では、自分のような女子は決して主人公に選ばれないのだ。

おとなしかったり、不登校だったり、勉強ができなかったり、落ちこぼれていたり。優等生ではない子にこそ、ある日突然サプライズな展開が訪れる。『美少女戦士セーラームーン』では、ドジで勉強も努力も苦手で美人でもない（という設定の）主人公が、特殊な能力を授けてくれる猫に選ばれるのだ。「なんでわたしが？（泣）」と情けない不満を垂れ流しながら戦いを続けるうちに、秀才揃いのセーラー戦士をしたがえセンターを張るまでに大出世。日常的にはメンバーにバカにされながらも、いざとなったら身を挺して守られる（転生前は月のプリンセスだから）。……ちょっとそのポジションおいしすぎるんじゃないの。

一方そういった物語において、学校生活に最適化された学級委員長タイプ、つまり私のような人間がどういう描かれかたをしているかというと、往々にして悲惨なものだ。お堅く、面白みもなく、リア充な級友たちには疎ましがられる、寂しくて暗い存在。何て理不尽な話だ。

　私（のようなキャラ）をセーラー戦士に選んでくれていれば、不平不満を漏らすことなく喜んで敵と戦うに決まっている。みんながサボる掃除を自分だけがやり遂げる強い正義感を持っているし、毎日地道に勉強しているから忍耐力もある。だけど決して、準備万端に風呂敷を広げているところに物語は降ってきてくれない。世の中そういうものなのだ。たかがフィクション、されどフィクション。現実と照らし合わせてみても、優等生として居続けることに薄々生きづらさを感じていた。

　今思えば、この時期は人生における最初の混沌期であった。自分の役回りでは損ばかりと、これまでの生きかたを改めたいと思うも、じゃあどうやって？という疑問が絶えず立ちはだかる。折しもそんなタイミングで、自己と対峙するのに最適な病み系ツール、インターネットと出会ってしまったものだから、私はどんどんディープなインナーワールドに沈み込んでいった。終わりなき自分探しの旅、いわゆる中二病というやつだ。ただ、当時のインターネットの中では私に限らずみんながそんな感じで、人生の意味を問うポエムを書いたり、わざわざ死にたいなどと言ってかまってもらったり。そんな自我のこじらせかたがスタンダードだったから、まさか自分がはたから見て痛いやつだなんて夢にも思わなかったのだ。

ところで、この頃インターネット上で知り合ったうちの一人がハンドルネームbouzu氏、後に私の夫となる男である。

21歳、職業はプログラマー、同じ福岡県在住という彼。メル友募集掲示板を経由して送られてきた第一報には「芸術の話をしましょう」と書かれていた。

「えっ、芸術……?」

大きな釣り針にまんまとひっかかった私はすぐにメールを返して、やりとりが始まった。

bouzu氏の経歴は驚くほどたくさんの失敗と挫折に満ちていた。

中学でふとしたことからいじめに遭って不登校に。その後再起を図り県立高校に進学するもうまくいかず中退。対人恐怖症となり数年間押し入れを改造した自室に引きこもるが、母親の気長な説得で新聞奨学生となり社会復帰。朝夕の新聞配達をこなしながら美大受験の予備校に通い画家を目指すも、ある時、父親の起こしたトラック事故を発端に実家の借金問題が露呈し、進学を断念。デザイン事務所に就職したが嫌な上司に耐えかねて逃亡、システム開発会社に再就職して今にいたる、と。

連日のメール交換と、たまの電話でお互いの身の上を語り合いながら、この人こそまさに私の思う……そして私からは程遠い「選ばれる人」に違いないと思ったものだった。


ネットで出会ってから約半年後、私たちはついに会うことになった。博多駅西口での待ち合わせ。約束の時間にやって来たのは、ハンドルネームbouzuの由来となった立派な坊主頭にヒゲをたくわえ、焦げ茶色のスーツを着た、おじさん。決して年齢詐称していたわけではなかったが、彼は21歳とは思えないほど老けていた。

「はじめまして」と恐る恐る声をかけると、「はじめまして」とbouzu氏。お互いのことはとてもよく知っているけれど初対面なのだ。緊張と妙な気恥ずかしさを抱えたまま駅構内の喫茶店に移動し、私はアイスティーを、bouzuはコーラとチョコレートパフェを注文した。注文すると同時に、今度は猛烈な勢いでタバコを吸い始めるbouzu。引きこもりだったと言うし、この人はきっと私以上に緊張しているのだろう。そう思うとたまらなく可愛い人に思えて、17歳の私はキュンとした。

この時キュンキュン燃え過ぎたばかりに17年経った今となっては見事に灰と燃えかす

しか残っていないけれども、私たちはここからすぐに付き合い始め、その半年後には同棲。直後に、どうせ同棲するならってことで、勢いにまかせて、あろうことか結婚してしまったのである。

冷静に考えると、高校を卒業したばかりの18歳の小娘が、ネットで知り合った老け顔の男と結婚するというのだから、両親か親戚か、誰かしら反対してもよさそうなものだったが、不思議とすべてスムーズに運んだ。よくわからない理由で思春期をこじらせていた私と、マイナスからのスタートをようやくゼロ地点まで押し上げていた彼。周囲も、二人で楽しくやってるならもういいよそれでと、半ばお手上げの心境だったのかもしれない。

夫も妻も産みの苦しみ

結婚したんなら次は当然子供でしょう、ということで私はたちまち妊娠した。私も夫も堪え性がなかったので（決して性的な意味ではなく）、結婚や家族に付随するイベントはもう全部味わいたい、お祭り気分だったのだ。

私が妊娠6ヶ月を迎えた頃、家族で過ごす時間を確保したいという理由で、夫は勤めていた会社を辞めて、ひとりで事業を立ち上げた。起業すると初めて聞かされた時には、ついに奇跡が終わったか……と感じた。正直なところ決してモテるタイプの女子ではなかった私がまともな恋人を作り、若い勢いで結婚してスムーズに妊娠。19歳にしてその後数十年続く幸せな余生を摑んだと感じていた。ところがそこへきて夫が起業。堅実なサラリーマン家庭で育った私には、独立イコール無条件に失敗、というイメージが強くあって、失敗といえば後に残る多額の借金、さらに離婚、そして私は乳飲み子を抱えながら夜の街で働く……という見事な破滅ルートが完成したなと思った。

けれども夫が真剣にプレゼンする事業計画によれば、インターネットサービスの事業は設備投資が少なくて済むので、立ち上げのための借金なども必要ない、それにいざとなったら技術者としてまたすぐに会社勤めができる、ということだった。パソコン1台あればできる仕事なので事務所も借りないという。

もともと出産と子育てのために、産後しばらくは夫婦で私の実家に住むことになっていたので当面家賃はかからない。それに体質と年齢によりお酒すら飲めない私たちの生活にかかる費用は微々たるものだった。いざとなったら私もパートをすれば、路頭に迷うということはなさそうだと、ついに夫の起業を受け入れることとなった。

家族3人が食べていけるくらい稼げれば、と夫が始めたのは、個人向けのサーバーホスティング事業。ホームページを作るためのネット上のサーバーを、個人に貸し出すサービスだ。その当時、今あるような無料ブログのサービスなど無かったので、ネット上で何かを表現したい人は皆、HTMLという言語でホームページ用のデータを作って、特殊なソフトでサーバーにアップロードするという手間のかかる作業をしていた。

無料で借りられるサーバーもあるにはあったけれど、URLが長く、また画面上に大きなバナー広告が出る仕様となっていて、デザインにこだわりたい人、特に若い女性には好まれていなかった。加えて、有料サーバーを借りるには月額2000円や3000円が当たり前という時代でもあった。折しも私のように、ホームページで自己表現をしたい中高生が急激に増えていた時代、夫は、子供がお小遣いで借りられるようにと、月額250円という価格設定でサービスを始めたのだ。

結果、リリース直後から面白いように続々と申し込みがきた。ここにニーズがあると見込んだ夫の読みは、大当たりだったのだ。けれども一方で、手放しで喜んでばかりもいられなかった。ユーザーの申し込みを受けてメールを返信して、サーバーを使えるようにセッティングして、その旨をメールで知らせる。これらの工程をすべて手作業でやっていたので、申し込みが殺到したことによって、待たされるお客さんが続出してしまったのだ。

対応が遅い、どうなってるんだ！と、いわゆる「激おこ」のお客さんからクレームのメールがじゃんじゃん来る。メールくらいなら書けるだろうと私も気安くお問い合わせへの返信業務を請け負ったものの、一度にこれほどたくさんの人々の怒りや憎しみに触れた経験が無く、直ちにどっぷりと落ち込んだ。問い合わせは基本的にメールのみとしていたが、どこからか電話番号が漏れたことよって、夫の携帯電話にはカンカンに怒った人からひっきりなしに電話がかかってくる。さらには、事務所として登記していた私の実家の住所と、責任者として名を連ねていた夫や私の実名つきで「2ちゃんねる」に誹謗中傷、殺害予告が書き込まれたこともあった。

そんな大波乱のサービスリリースと、私のお腹の子のリリース時期が重なり、夫も私も精神的にかなり追い詰められていた。ネットに匿名で書き込まれる悪口なんて、真剣にとりあう必要はないと夫は言うものの、仮にもしこの世に呪いの力があるとすれば、私たち家族は速攻で殺されてしまうのではないかと思うほど、負のエネルギーを一身に浴びていた。まだ目の焦点も合わない新生児を抱きながら、こんなにも世間から恨まれている両親でごめんね、と夜な夜な泣いた。夫に、お願いだからサラリーマンに戻ってほしいと懇願する毎日だった。

今になって思えばあれらはすべて産みの苦しみだったのだろう。私のぎこちない育児が少しずつ板についていくのと並行して、夫の会社もまた、スタッフを雇ったりできるところは自動化したりして、順調に運営できる態勢を整えていった。

その間、夫も私も忙殺されていて気が付かなかったのだが、顧客が増えるということはそれだけ儲けが出るということなのであって、税理士にお金まわりをみてもらった結果、起業から1年後に、夫の月のお給料は立ち上げ時の約10倍、200万円になっていた。

さらにそこから1年、起業から約2年後、夫の会社は東京にある大きな会社の子会社になることが決まった。子会社になる、というのは、創業者である彼が持っていた会社の株の約半分を、親会社となる会社に売却するということで、この時わが家に突如、億単位のお金が入ってきた。結婚当初は月20万円もあれば生活できるだろうと考えていた私たちにとって、億単位のお金というのはとにかくもうたくさん。無限にあると言うに等しい大金であって、これだけあれば一生暮らせると思った。

ところが、社会には……というより東京という街には、私たちのような若い田舎育ちの夫婦が知らない、お金のかかる誘惑が無限に存在していたのだ。

親会社のビル内にオフィスを構えることになったので、私たち家族は東京に引っ越した。福岡で住んでいたのと同程度の広さと、清潔さ、快適さを備えた家を都心に借りて、せっかくお金が入ったんだからと上等な家具を買い揃えて、東京の街を歩いても恥ずかしくないようなお洋服を伊勢丹で買って、たまには海外旅行に行って……というようなお金の使いかたをしているだけで、たくさんあると思っていたお金はみるみるなくなっていった。

東京で暮らし始めて3年ほど経って、当時わが家の家計を管理していた夫に「あの時のお金はもうとっくになくなったよ？」と言われた時には血の気が引いた。贅沢は続かない。慎ましく生活していかなきゃだめだ。……と思っていたところで、今度は夫の会社が上場した。嘘みたいな話で、またまた億単位のお金がわが家に入ってきたのだ。結婚から7年後のことだった。

終わりの始まり

東京に移り住んでから2年後、第二子となる長女が産まれ、わが家は4人家族となっていた。

この頃から夫の仕事もみるみる忙しくなり、帰宅する時間も、午後10時から12時、午前1時、2時、そして明け方へと後ろにずれ込んでいった。若き成功者としてＩＴ業界で名前を知られるようになり、メディアでの露出も増えた夫は、いつしかイタリアの高級ブランドのハットを被り、上質なスカーフを首元に常時着用するお洒落さんになっていた。人と目を見て話せないと相変わらず言うものの、１００名近くに膨れ上がった社員を抱える一企業の社長として、人前で話す機会も増え、顔つきも徐々に変化していた。さらに東京の水がそうさせたのか、いつのまにやら体質まで変化し、お酒もそこそこ飲めるようになっていた。

お金を持って、お洒落になって、夜になっても家に帰ってこないＩＴ企業社長の夫。

これで遊んでいないはずがない。今考えればどう考えても真っ黒、真っ黒役満だ。実際、東京でできたママ友たちは「毎晩そんなに遅いっていうのは、ちょっとおかしいんじゃないの？」とか「危機感持った方がいいよ」とか言ってくれていたものの、18歳で専業主婦になった私は、今思えば恥ずかしいくらい世間を知らなかった。男の人が家庭の外で何をしているのか、どう羽を伸ばすのか、思い巡らす材料すら持ち合わせていなかった。また、こんなにも周囲の環境が変わったというのに、私の中の夫のイメージは、結婚当初から全くアップデートされないままだった。だから、毎晩帰りが遅いことについて夫に「仕事の会食だから仕方ないよ」と言われれば、その言葉を疑いもせず、「へー会食か」と信じきる、本当におめでたい嫁だったのだ。

敗軍の将、兵を語らずと言うけれど、せっかくなのでこの際ちょっとくらい語らせてほしい。三歩下がって何とか、三つ指ついて何とか、と古い人が言うように、「良妻」って、出しゃばらないで夫を立てる妻のことを指すとばかり思いがちだが、実際それだけじゃ夫に振り回されるだけである。本当に良い奥さんというのは、いざという時には出るとこに出て、信念を持って、その状況下でしかるべき力を発揮するものだ。夫が大きく道を踏み外しそうになった時、睨みを利かして軌道修正する、もしくは財布の紐をしっかりと握って、ともすればすぐに欲望のままに大暴れしたくなる夫をギリギリのところでコントロールする。

せっかく夫婦になると決めたのだから、何も妻に限らずお互いがお互いにとって、最後の砦としての役割を果たせるのが理想的だ。……じゃあ私はどうだったかと言うと、専業主婦として料理を頑張ったり、子育てを頑張ったり、まあ結構いろいろ頑張った。けれども結論を言えば、残念ながら良妻にはなれなかったのだ。

「仕事上やむを得ない朝方までの会食」が、実はそうでなかったと私がようやく気付いたのは、夫が福岡出張中のある朝のことだった。起き抜けに、ベッドで日課のネットサーフィンをしていると、twitterで見知らぬ女の子のアカウントが、夫宛に「死ね！ クソ野郎」と怒りのメンションを飛ばしているのである。こんな早朝に、彼女はどうして夫に怒ってるんだろうと不思議に思い、何となく彼女のツイートを遡ると、港区在住だという彼女はその日、奇しくも夫と同じタイミングで福岡にいるという。さらにもっと遡ってみると、今回以外にも、何度となく夫の出張と同じタイミングで同じ場所にいたり、夫の交友関係とかなり近いコミュニティにいたりすることもわかった。

さすがの私も怪しいと思い、夫にすぐに電話をかけた。早朝、何度もかかってくるコールに、ただ事ではないことを察したのだろう。動揺しながら電話に出た彼に、開口一番、「その出張、一人で行ってる?」と疑惑をぶつけた。どういうリアクションをするのだろうと様子を伺っていると、夫は「へ、一人だよ?」と先ほどの動揺とは打って変わって平然と答える。そこで私は「○○っていう女の子、知らない?」と、twitterで激怒していた彼女の名前を挙げた。夫は「知らないけど。誰?」と、やはり、声色ひとつ変えずに言う。あまりにも冷静なので、その瞬間にはつい「私の勘違いだったかな……」と思ったほどだったけれども、やっぱり勘違いじゃなかったとわかったのは、その日の夜、出張から帰るはずの夫が帰宅せず、以降しばらく失踪してしまったからなのであった。

疑惑の芽を見つけたからといってすぐに本人に直撃するのはどう考えても悪手だ。本人にぶつけていいのは、秘密裏に事実を突き止め、できれば証拠もきっちり集めて、さらにその後のシナリオまで周到に練ってから。本人が素直に浮気を認めたらこうする、認めなければこうする、と、どちらに転んだとしても対応できる数パターンを、自分の中に用意してからなのだ。今ならわかる。ところが残念ながら当時、女としての経験値が低すぎた私にはそれだけの堪え性がなく、この日が、私たちの終わりの始まりの日となってしまったのだった。

思えばいくら私が世間知らずでも、家族との時間をタスクの一つのように扱う夫の様子に、薄々感づいていないこともなかった。家族でどこかに出かけたとしても、仕事があるから、と一人だけ早々に離脱する。珍しく家で食事をしていても視線は絶えずスマホに注がれている。漠然とした不安や不幸は、本当はずっと前から鬱積していた。けれどもそれを認めてしまえば全部崩壊すると心のどこかでわかっていたから、薄いレースのカーテンで、脆弱な目隠しをしていただけだったのだ。

その日から、嵐のような毎日が始まった。

夫は最初に立ち上げたＩＴの会社を離れ、飲食店やアパレル会社、投資会社など複数の、より小規模の会社を起業、経営していた。失踪した夫の足取りを追うなかで、その周辺の人たちから、寝耳に水の話が次々と聞こえてきた。

「社員の来月の給料が払えないかもしれないのに、今もよその会社に出資しようとしてるんですよ」

「飲み会の度に女の子はべらせて好き放題やってたよ」

「六本木で毎晩、何百万と使ってますよ」

「ATMで借りられるようなところで、借金もしてるみたい」


そりゃ、ちょっと派手でイケイケな身なりにはなったものの、普段、夫と家で接していて、話が全然通じないなんて感じたことはなかった。必要な時にはいたって論理的、常識的に話ができていたのだ。だから、まさかそんなメチャクチャなことになっているとは思いもよらなかった。

私の知っている夫と、私の知らない夫の姿にあまりにも大きなギャップがあって、当初は彼らの話をそのまま信じることができなかった。むしろ、この人たちが何か悪いことをして、私を騙そうと嘘を吹き込んでいるのではないかと疑いもした。

ところが時間が経つにつれ、その話が真実だったということがひとつ、またひとつと明らかになっていった。夫は、私たちの住んでいる家の他にもいくつか家を借りていて、そこにキャバクラで出会った女の子を住まわせていた。さらにそうやって囲われていた女の子も、自分以外の第三、第四の女性の存在を認識していて、彼の女癖の悪さに腹を立てているという、とんでもない多重構造となっていた。

夫の失踪中、それでも元気に生きているよ、と近況報告のようにクレジットカードの利用明細が届いた。わが家の家計はすべて夫が管理していたので、いつもは夫が受け取っていたものを、私はその時初めて見て、何だこれは、と仰天した。

300万円を越えるブランドの時計や、高級ホテルのスイートルームの宿泊費、六本木のペットショップで30万円の子犬を2匹、などなど……桁の大きな、ど派手な項目がたったひと月で買われたものとしてずらりと並んでいる。不幸なことに当時夫は、戦車が買えるカードとして知られる、限度額の無い、黒いチタン製のクレジットカードを持っていた。一般に窓口は開かれておらず、カード会社が選んだ人にだけ「作りませんか?」とお誘いが送られてくるカードである。依然として夫の姿は見えないけれど、いよいよお金が底をつきそうで、おまけに浮気もばれて、もうどうにでもなってしまえ、と最後の打ち上げ花火をドカンドカン盛大に打ち上げている、ヤケになった彼の姿が明細の向こうに透けて見える。落ちるところまで落ちていく夫に、絶望して泣いた。

そんななか、何とか夫の居場所を突き止めて、あの手この手でコンタクトを取った。彼も、さすがにこのままではいられないと観念したのだろう。約束通り、私の前に現れた。久々に会う夫は、それまで私が集めた断片的な情報からは想像できないほどしおらしく、悪いことなんて全然してないと言わんばかりの、私の知っている通りの夫の顔をしている。

「お金のこと、どうするの」

重い空気の中で私から切り出すと夫は、ここをこうして、あそこをこうするから家族の生活は大丈夫、と一見とても論理立った説明をしてみせる。だから自分に任せておけば問題ないのだと言う。そこで、危機感を募らせる会社関係の人との温度差を指摘すると、そこまで知っているのかと一瞬驚いた顔を見せるも、やっぱりそれだって彼らの方がおかしいのだとうそぶく。じゃあ女性のことはどうなのかと尋ねると、平然とした顔で「家族も、そして女の子も、みんなで仲良く暮らしたいんだ」と言う。

何度も何度も、こんな不毛なやりとりを続けた。どんなに約束をしても、嫌なものや面倒なことから逃げずにはいられない夫は、一度捕まえてもまたすぐに音信不通になる。

けれど幸い彼はネット上でそこそこ知名度があって、SNSでは日夜、誰かが目撃情報を投下してくれていた。粘り強く探せば、何らかの足がかりが見えたのだ。そこで、どうしてもという場合には、ここにいるな、という場所に当たりをつけて現場に出向いて取り押さえたりもした。

余談だが、この経験は後の仕事にとても活きているなと思う。著名人をゲストに招く企画のプロデュースをする時など、先方がお忙しいがゆえに、メールのレスポンスが得られず、事前のコミュニケーションがままならないことがある。そういう場合、最終手段として、その人の登壇するイベントに参加して出待ちして直接話すことで、ようやく事態が動いたりするのだ。夫は公私問わず遅刻やすっぽかし、連絡無視の常習犯なので、私のところにいまだによく、どうやって連絡を取ればいいですか?と彼の仕事相手の方が相談に来たりするのだが、メールと電話で連絡が取れないと嘆いているうちは残念ながら甘いと言わざるを得ない。情報を集め、追いかけて捕まえるべきである。

話が逸れてしまったけれど、夫とはそうやって何度も話し合いの場を持った。これ以上の浪費や出資を防ぐために、カードを取り上げたり、実印を預かったりもしたけれど、二人の子供を育てながら24時間、夫の一挙一動を監視し続けるというのは現実的に無理で、結局夫は、お金の問題を解決するために、築き上げた会社の株をすべて手放すことになった。同時期に、その会社からは、今後「創業者」を名乗らないでくれ、という通告も暗に受けていた。というのも彼はその頃、お酒を飲まないと手が震えることや、長らく家に帰っていないこと、女性問題の渦中にいることなど、自分からすべてネットで発信していたのだ。馬鹿正直にもホドがある。上場企業としては当然のリスクヘッジだった。

あれほど大変な思いをして作り上げた会社を失い、資産を失い、そして家族をも失いつつある。そんな状況を打開する気がないばかりか、甘んじて受け入れようとしている夫は、もはや完全なる無敵の人になっていた。お金や地位や名誉、そして家族。そのいずれにも執着せず、守ろうとしない人には、怖いものなど何も無いのだ。

そんなにもめちゃくちゃなことをやっていながら、天性の愛されキャラで、決まって支持者の中に身を置き続ける。結局は「あの人なら仕方ないか」と許される夫を見て、家族として彼に対して与えられる最大の優しさは、見捨てることなのかもしれないと思ったこともあった。私たち家族が、彼との一切の接触を断ち、二度と会わないこと。責任をもって、喪失とは何かを彼に知らしめること。そうでなければ、彼はこれからもずっと、創っては壊し続けていくのだろうし、その度に周囲の人をボロボロになるまで振り回すだろう。また何より彼自身も、穴の空いたバケツのように、どんなに水を入れたところで、いつまでも満たされない空虚さを抱え続けるようで、あまりにも可哀想に思ったのだ。

けれども一方でそれは、子供たちが父親を失うことでもあった。夫の更生と子供たちの想いと、どちらを優先するのかと天秤にかけたとき、どうしても後者を無下にはできなかった。何しろ、私にとっていくらダメな夫でも、子供たちにとってみれば、ダメな愛すべきパパなのだ。小さな体で、大人より寛大に大人の弱さを受け入れている子供たち。彼らが望む限り、別れようが何だろうが、父ではあり続けてもらわなくてはならないと思った。

終わりの終わり

結局、夫と離婚したのは、別居してから4年後のことだった。

最悪なアドベントカレンダーのように、お金と女性の問題が日替わりで新たに浮上する嵐のような日々は2年ほどで収束したものの、それから何となく離婚するタイミングを失ったまま、さらに2年が経った。というのもその頃になると、猛烈な勢いですべてを破壊し尽くした夫の周りには、もうそれ以上壊すものがほとんど何も残っておらず、変な話だがそれによって、私たち家族の日常に平穏が戻ってきたのだ。

延焼を少しでも食い止めようとバケツに水を汲んで待機したけれど、結果すべて燃えてしまって、もはや笑うしかないという状況下で、妙な心の余裕すら生まれていた。相変わらず夫とは一緒に住んでおらず、子供たちにとってのお父さんは、たまに家にやって来るお客さんに変わってしまった。それでも子供たちは、彼が家族であることは変わらずに受け入れているように見えた。また私と夫は、たまに会って世間話をする古い友達という距離で安定し、気が付けば彼の恋愛相談に乗ったりするようになっていた。

お互いに冷静になるなかで夫は、子育てを任せきりでごめん、迷惑をかけてごめん、と謝ってきたけれど、一方で、一連の破滅行動については、結局のところ後悔も反省もしていないようだった。つまり、彼には彼なりの必然性、彼なりの正義あっての行動だったのだろう。

彼の正義と私の正義は、結婚して時間が経つうちに、いつしか大きく分岐し、衝突し、それぞれ同一線上に重ならないところに安定を見出した。それを再びどうにかこうにかしようという気力はとうになくなっていた。曲がらない人を曲げようと努力して、その都度絶望するのにはいい加減疲れ果てていた。

元通りの日常を取り戻すことができないのなら、いっそのこと、夫が介在しない、まだ見たこともない私の世界を広げようとある時思った。どうせ知らない世界へ飛び込むのなら、いざという時に自分で、自分と家族とを助けられる力をつけたい。そう思って仕事を始めた。すると案外、世の中にはこんな私でも役に立つことがあるのだということがわかってきた。

世間をまるで知らないまま、社長夫人という耳触りの良い肩書きと、お金のかかる暮らしだけを長年享受してきた私は、いざ夫のお金にまつわる問題が起きて、真実を知りたいと思っても、「あなたに話してもどうせ何もわからないでしょ」と門前払いにされることが多かった。それが悔しくて何度となく泣いた。しかし、仕事を始めて、世の中のしくみが少しずつわかるようになり、さらには私がかかわった仕事で会社や自分に利益がもたらされるようになると、夫の問題に対峙する数年間でどん底まで失っていた自信を、少しずつ取り戻していった。

ある時、そうやって社会に出て知り合った一人がこんな言葉をかけてくれた。

「もう明子さんは明子さんだよ。誰の奥さんかなんて関係ないよ」

夫の奔放な行動をすべて受け入れ、それでも離婚しない菩薩のような奥さん……そう言うと聞こえはいいけれど、痛みを感じる神経を麻痺させた、人間を超えた何かで居続けることが、それまでの私に残されていた、社会における唯一の存在価値だった。

けれども、一歩外の世界に出て、責任を持って自分の仕事をこなしさえすれば、笑ったり、泣いたり、怒ったり。嫌なことは正当に拒むことのできる、ひとりの人間としての価値を認めてもらえるのだ。自分の人生の舵をとれるだけじゃない。誰かの役に立ったり、誰かを助けたりすることだってできるかもしれない。そう考えると、もう何年ぶりだろうというくらい久々に心が軽やかになった。これからは自分の力で何でもできる、という気持ちがふつふつと湧き上がった。もっと自分の力、自分の名前で社会と対峙していきたい。そんな思わぬ欲求も、みるみる膨らんでいった。こんな折に降って湧いた夫の都知事選立候補。無謀すぎるが、彼は彼なりに新たな自分の使命を背負って生きようとしているのだと思った。そこで、「よし、離婚しよう」と決意したのだ。

以上、私の体験した結婚の始まりから終わりまでである。

元夫には散々な目に遭わされたなと思うし、今でも本人を前に恨みつらみを語ったりもするけれど、家族や社員を大勢背負って、20代のうちに東京に出てきた彼もまた、私の知らないところで、少なからず大変な思いをしたんだろう。一歩家の外に出ると、想像を超えた嬉びに出会うことも、泣きたいほど理不尽な目に遭うこともある。ちょっと名前が売れてくれれば色んな人が寄ってくる。自分が個人として社会に出て、働くようになった今、ようやくそのことがわかる。私たち、何だかんだ言って、お互いの持ち場でそれぞれよく頑張ってきた。

思えば、閉鎖的な田舎町で自我を暴走させていた子供の頃の私は、ひとえに退屈していた。

学級委員長を務めたところで肝心な時には選ばれない、損な役回りを引き受けるだけの毎日に辟易していた。そんな日常に彗星のごとく現れた、いかにも「選ばれそう」な彼。蓋を開けてみれば予想を遥かに上回るレベルで、山あり谷あり、それはそれは壮大なドラマを創って見せてくれた。おまけに「選ばれない」と嘆く生真面目な私を、問答無用で巻き込んで、容赦なく振り回してくれた。どうして私ばかりこんな目に、と白目を剝きながらも、「私、今選ばれてるな……」と初めての実感を得たりして、思わぬ形で長年の夢をも叶えることができた。ハードな日々だったけれど、それでも死にはしなかったし、大切な二人の子を授かった。

行き先を決めず、無計画に出航させた船は今、予想だにしなかった場所に私たち家族を連れてきてくれた。傷付いたこともあったが、一人では到底見ることのできなかったたくさんの景色を見ることができたから、結果としてはまぁ、本当に面白い結婚だったな、と思っている。

お酒の前に出産を覚えました

18歳で結婚し、あっという間に第一子を妊娠したものの、妊娠発覚直後からとにかくひどいつわりに悩まされた。食べるどころか水を飲んでも吐いてしまうので、朝から晩までベッドで寝て過ごした。起き上がるのは吐く時だけ。私たち夫婦は福岡市内にある家賃6万円の狭いワンルームマンションに住んでいたので、仕事帰りの夫が買ってくる塩カルビ弁当の匂いから逃れられず吐き、これなら食べられそうと作ったボウルいっぱいのフルーチェのモコモコした見た目で吐き、狭い部屋に充満する自分の吐瀉物の匂いでさらに吐き、この匂いを帳消しにしようと、比較的調子のいい日に買ってきたラベンダーのポプリがあまりにも臭くてやっぱり吐いた（のでポプリはすぐに捨てた）。

ドラマなんかで、妊娠した人は急に「ウッ」とか言って口を抑えてシンクに顔を突っ込むが、その前後はだいたい何事もないかのようにピンピンしているものである。母に聞いても、「2回吐いたかな」とかその程度のつわりだったという。「なんで私だけがこんな目に。母になるというのはこんなにもしんどいことなのか」と、毎日ベッドの上で泣いた。友達という友達もいなかったので、やりきれない思いは例によってインターネットにポエムとして綴ったが、パソコンのモニターを1時間以上見つめているとやっぱり気持ち悪くなるのでまた吐いた。吐く、ポエム、吐く、ポエム。地獄のようなループ。

つわりを治す薬は無いと思い込んでいたために、特にお医者さんにも相談しなかったのだけれど、定期的に通う妊婦検診で1ヶ月前より10キロ近く痩せていた私は、急遽点滴を打たれることになった。点滴の中身は薬ではなく、脱水症状を改善するためのブドウ糖。ところが「これが結構効くんですよ」とお医者さんは言う。確かにその言葉通り、結構効いたような気がする。とはいえその頃すでに4ヶ月近くで、しかるべき時期に、静かにつわりは治まった。

ひどいつわりを乗り越えれば、妊婦生活は至って穏やかに過ぎ、予定日より2日遅れて、いよいよ出産の時がやって来た。折しも私は分娩台の上で、5分間隔になった陣痛に呻き声を上げていた。夫はもとより、連絡を受けた実の母と義理の母が共に産院に駆け付け、初孫の誕生を心待ちにしていた。出産する本人以外で分娩室に入れるのは一人だけと決まっていたので、当然のことながら夫が、待合室と分娩室を行き来しながら、私の状況を逐一、母たちに伝えていた。そうやって何往復かした後、待合室から戻ってきた夫が、陣痛真っ只中の私に突如、深刻そうな顔で言うのだ。

「明子さん、大変なことがわかった」

私は苦しみながらもその様子にぎょっとして、何事かと身構えた。

「ずっと自分のことAB型だと言ってきたけど、間違ってた。僕、本当はO型だったんだ」

「えっ、どういうこと？」

「本当はO型だったのに、途中からどうしてか、自分はAB型だと思い込んでたんだ」

「えっ」

「考えてみたら、AB型に憧れてたところもあった」

……一体何の話だよと。

余計な混乱も後押しして、その会話の直後に子宮口が全開になった。陣痛も強まり、もういつ生まれてもいい、という状態になったものの、それでもいっこうに破水しなかったので、お医者さんが胎嚢《たいのう》（赤ちゃんの入った袋）をハサミでチョキンと切る。すると直後に、羊水と一緒にぼろっと飛び出すように息子が生まれてきた。あまりにも勢いが良かったおかげで、私のデリケートゾーンの中でも最たるデリケートゾーンはその際、少々裂けたという。ゾッとする話だが、陣痛から出産にかけてのどさくさのなかでは、どことは言えないけれどもあちこちが猛烈に痛いので、別に会陰が裂ける痛みなど大して気にならないのである。

無事、赤ちゃんが出てしまうと、お医者さんは次に、子供と繋がっているへその緒を手繰り寄せて、私の体の中に残っている胎盤を引っ張り出した。つい先ほど、硬い骨を伴う超大物が通ってすっかり広がりきった穴から、今度はもう一回り小さな、レバーみたいな塊が排出されるのだ。実はこれ、結構気持ちが良い。産道を通る時の感触もさることながら、すべてを出しきった解放感が半端じゃないのだ。大切な赤ちゃんと、赤ちゃんのベッドである胎盤をお腹の中に抱えているというのはなかなかのプレッシャーで、これがやっと体外に出されると、ああ、久しぶりに体が自分だけのものになった、と一気に肩の力が抜ける。

ところが地味に辛いのは実はここからだった。出産を終え、いたって冷静ななかで、お医者さんによって、裂けたデリケートゾーンがチクチクと縫われていくのである。超深刻な便秘が解消してスッキリ、とさながらアルプスの山々に向かって叫びたいような底抜けの開放感に満たされている最中、「じゃ、ちょっとチクッとしますよ」という言葉と共に、陰部の皮膚、そして肉に、針と糸がツーッと通される。これは痛い。1針縫われるごとに、イテテ、イテテ、とつい涙目になってしまう。そんなこんなで出産というのはやっぱり一大事なのである。

赤ちゃんの入ったお腹は見ての通りで結構重い。体質にもよるけれど、私の場合は臨月にもなると、内臓が圧迫される苦しさから、仰向けに寝られないほどだった。しかしひとたび産んでしまえば、当然ながらお腹の中は空っぽになるわけで、ベッドに仰向けになってみても、前日までの苦しさは微塵もなく、ついに私の外に出てしまったんだなあ、と改めてふつふつと実感がわいてくるのである。忘れもしない長男を出産したその日の夜。生まれたての赤ん坊はしばらく新生児室に連れて行かれるので、私はひとり、病室で寂しさを噛み締めていた。つい昨日までは確実に私と赤ん坊は一体だった。しかし今はひとり。

体はクタクタなのに妙な高揚感から全く寝付けない。何ともなしにテレビを点けると、山本晋也監督が風俗嬢の人生観に迫っているところだった。「後悔はしないと思う。覚悟して入ったし」。顔にモザイクをかけられ、しかしバストは乳首まで剝き出しという状態でサッパリと人生を語る風俗嬢。出産後のセンチメンタリズムはたちまち吹き飛び、自ずと目が釘付けになった。

『トゥナイト2』視聴による寝不足の状態で、翌日から本格的に親としての日々が始まった。

長男を出産した病院では母乳育児を推進しており、できるだけミルクは与えないように頑張りましょうと指導されていた。それで、言われた通り息子に乳首をくわえさせるのだが、どうしたことか母乳が全然出ない。おっぱいは瓜のように巨大化しており、乳房の中では確実に母乳が分泌されている。しかし出口が開通していないようなのだ。

こんな調子じゃ息子が不憫だと看護師さんに相談したところ、どれどれ、とおっぱいの調子を診てもらえることになった。しかしこれがまた地獄。一体どんな恨みつらみがこもっているのかと疑いたくなるほどの力でもって、グイグイと乳首を引っ張られるのである。こんなことしても乳首は平気なのかと、人体の強靭さに目を剝く。やっぱり半泣きになる。ところがそこまでやると、母乳がピューっと出るのだ。「ほら、こんなに出るじゃない」と看護師さん。しかしいざ自分でやってみると、やっぱりひるんで、力を加減してしまうのでなかなか出ない。生まれたての赤ちゃんもまた、おっぱいの飲みかたが決してうまくない。産みさえすれば自然と母乳は出てくるもの、赤ちゃんは教わらなくてもおっぱいが飲めるものだとばかり思っていたが、授乳にも訓練が必要だとこの時初めて知った。

思うように母乳が飲めないせいか、あるいは初めて親となった両親の緊張が伝わったのか、母子同室となって初めての夜、息子は泣きに泣いた。私と、病室に泊まり込んでいた夫とで代わる代わる抱っこしてあやすのだが、何をどうしたって泣きやまない。

赤ん坊というのはお腹が空いた時か、オムツを代えてほしい時にだけ泣くものだと思い込んでいたので、何度も何度もおっぱいをくわえさせ、オムツをチェックするのだが、息子が涙する理由はそのどちらでもないようだった。一体どうしてそんなに悲しいのか、ぎこちない手つきで赤ん坊を抱きかかえながら途方に暮れた。照明を落とした暗い部屋の中に、息子の泣き声だけが何時間も響いた。

思い返せば、当時の私はやっぱり幼かった。何しろついこの間まで、両親という神様が不思議に夢を全部叶えてくれるのが当たり前の世界に住んでいたのだ。そしてそこからきちんと旅立たぬまま、今度は自分が神様になろうというのである。いくら『たまごクラブ』を穴が空くほど読み込んでいたとはいえ、自分が育児について、親になるということについて全く何も知らない、そのことに気付きもしないままお母さんになってしまったのである。

見回りにやって来た看護師さんは私たちの様子を見て「大丈夫？　お母さんが疲れているようなら、新生児室で赤ちゃんを預かりますよ」と言ってくれた。もし今の私が同じ状況だったら迷わず「お願いします」と言うに違いない。何しろこれから延々と続く、長い親子関係の中のたった一晩である。安心して任せられる相手がいるなら頼っていいのだ。けれども母になって初めての日。あの時の私は、やっと生まれてきてくれたわが子がこんなに辛そうに泣いているのに、人の手に託すのは、何だか大きな裏切りのように感じ、「大丈夫です」とありがたい申し出を断ったのだった。

実際は、全然大丈夫じゃない。泣いている赤ん坊になす術もなく、困り果てていた。部屋に響く息子の泣き声は次第に枯れがれになってきて、ますますいたたまれない。出産の疲れとお股の痛みもあいまって、この夜は永遠に終わらないのではという絶望的な気持ちになっていく。


朝方4時近くなって、再び看護師さんがやって来た。

息子はさすがに疲れているようだったが、それでもやはり、休み休み泣き続けていた。あらあら、と言いながら看護師さんが息子を抱き上げ、数分、ゆらゆらと体を揺らす。……すると、何ということでしょう。それまでの時間が嘘のように、息子はすぐ泣き止んで、たちまち寝息を立て始めたのだ。

呆然とする私たちに、彼女は言った。

「赤ちゃんはね、暗くて狭い産道を、苦しい思いをして出てくるんよ。夜に泣くのはね、そんな怖い道のことを思い出すからかもしれんねえ」

すっかり眠り込んだ息子をそっとベビーベッドに寝かせて、看護師さんは病室を出ていった。

暗く、狭い道を、勇敢にもくぐり抜けて、この世界にやって来てくれた小さな息子。

そうか、怖かったのか。

そう思うと、不甲斐なさやら愛おしさやらで、どうしようもなく涙が溢れた。

昨日生まれたばかりで、まだまだ小さく、しゃべることも歩くこともできないけれど、この子は一人の人間であって、私は人間の親。親になったのだ。

窓から見える山の向こうからオレンジの光が漏れて、気が付くと朝になっていた。なるほど、明けない夜は無いのだなあ、と思った。子供だった私が、初めて子供を産んだ時の話である。

例によって、マタニティーブルー

子供の頃、最も怖かったものは暴走族だった。

実家のある町は田舎だったので、夜中にしばしば家の前を、暴走族のバイクがブンブン言いながら通り過ぎていった。雷のように威圧的な爆音が本当に苦手だった。道路に面しているうちの庭に、暴走族が大挙して押し入って来て、勝手に集会を始めるという悪夢を何度も見た。

ある時、気まぐれに夜道を散歩していた私の耳に、どこからともなくブンブンという例の低音が聞こえてきて、またあいつらか、と身構えた。こんな人気のない暗がりで、間違っても暴走族に遭遇してはならない。焦りから足を速めたが、暴走族だと思った音、実は田んぼを住みかとするウシガエルの群れの鳴き声だった。あいつらもまた暴走族と同じように、夜中に人間様の迷惑を顧みず、爆音でブンブンと威圧的に鳴くのである。

それ以来私はウシガエルも怖い。しかし暴走族もウシガエルも、人生で出会った怖いものレベルで言えばまだ序の口である。わが人生最大の「怖い」は19歳の頃。長男を出産してから数ヶ月後に、突如としてやって来た。

息子は新生児と呼ばれる1ヶ月を無事通り過ぎ、検診へ連れて行くと保健師さんに「たくさんお外に連れ出してあげてくださいね」なんて声をかけられるようになった。よし、これからわが子は社会という大海原で、少しずつその翼を羽ばたかせていくのだ……という思いとは裏腹に、私は一時的に、とにかく世の中のあらゆるものが、怖くて怖くて仕方なくなってしまったのである。

変化は日常のちょっとしたことから始まった。

テレビを点けると何気なく流れてくる、親からひどい虐待を受けて死んでしまった赤ん坊や、いじめを苦に自殺した小学生のニュース。ある時期からこういった話題を目にする度に、急に何かのスイッチがオンになったみたいに、嗚咽を漏らして泣いてしまうようになったのである。せっかく生まれてきた子供がどうしてこんなに辛い目に遭わねばならないのだ、神も仏もない世の中かと、絶望に打ちひしがれ、一度落ち込むとなかなか這い上がれない。

産後しばらく、やはり友達という友達もいなかった私は、育児に関する情報をほぼすべて「2ちゃんねる」の「育児板」から取得していたのだが、そこで論じられていた育児は非常にストイックかつハイレベル、そして排他的であった。いくら頑張って手料理を作っても油っぽいなら「虐待」、3歳に満たない子供を飛行機に乗せるのも「虐待」、赤ちゃんをディズニーランドに連れて行くのだって「虐待」……。育児板的育児では虐待が日常のいたるところに潜んでいた。今思えばあまりに極端な話だ。

24時間365日生活を共にする家族に、寸分の隙も無いホスピタリティを提供するなんて無理なこと。カップラーメンを食べさせることだってある。赤ん坊のうちから飛行機に乗ることだってある。けれども当時、ママ友など他の情報源を持たず、ここにいるママさんたちこそ標準的な母親の姿であると信じ切っていた私は、これらすべてを真に受け、自分が虐待をしない親になれるのか深刻に思い悩んだ。

テレビやインターネットばかり見ているからこんなに気が滅入るのだと、たまには外に出かけてみる。しかしそこでも、バスの運転手さんを怒鳴りつける偏屈なじいさんや、ハトの首根っこをガシッと捕まえ小脇に抱えて連れて帰る謎の少年など、さらに気分を落ち込ませる光景ばかりが目に入ってくる。平和に満ちた穏やかな世の中は一体どこに行ってしまったのか。私たちはこんなカオスに生きていたのかと、改めて愕然とすることとなった。

腕の中にすっぽり収まってしまうほど小さく、儚く、無力なわが子。この子がこれから生きていくこの社会はあまりにも危険がいっぱいだ。いっそのこと、人との接触が一切無い山奥で、自給自足の生活をした方がよほど安全なのではないかとすら思った。せめてもと思い、1食分ずつ決まった食材とレシピが毎日届く宅配に申し込み、不必要な外出を極力しないようにしていた。

私たち一家が暮らしていた福岡県は、このところ道端に手榴弾が落ちていたり、マンションの一室からマシンガンやロケットランチャーが見つかるニュースも聞くけれど、あの頃はそれほど治安が悪かったわけでもなく、今のように修羅の国なんて揶揄されてもいなかった。そう思うと、やっぱり適切に社会を恐れていたとは言いがたく、私の気が異常に立っていた。当時の私は、いわゆる「マタニティブルー」という症状を患っていたようなのだ。

産後、ホルモンバランスの乱れから、情緒不安定を引き起こすといわれるマタニティブルー。物音ひとつにすらビクビク怯えるような、どうしようもない状況から脱することができたのは、ある人の何気ない一言がきっかけであった。

里帰り出産を無事終えて、実家を出た私たちは、何となく川の側がいいという理由で、全く何の地縁も無いところに引越した。不動産屋さんが紹介してくれたアパートは、最寄りの駅からは完全に徒歩圏外。運転免許を持っていなかった私が、果たしてあの場所でどうやって生活しようとしていたのか。今となっては他人事のように驚くばかりだが、無計画に借りたこの新居の目と鼻の先に、偶然にも、私たち夫婦がかねてよりファンだった「ダカフェ日記」というブログで知られる写真家、モリユウジさんのご実家があった。突然ご近所さんになった私たちに、モリ家の皆さんはとてもよくしてくれて、モリさんのお母さんと奥さんは、いわば私にできた初めてのママ友だった。

モリさんのご実家に私と息子とでお邪魔していた時、つたい歩きを始めたばかりの息子が、どてっと転んでテーブルの角で豪快に頭を打った。子供の頭というのは結構頑丈にできているのでこれくらいのことでは何てことないものなのだが、親になりたてだった私はそんなこともつゆ知らず、狂ったように号泣する息子を抱きあげながら、どうしよう、どうしようと激しく狼狽した。すると、その様子を眺めていたモリさんのお母さんが、にっこりと微笑んで言うのだ。

「親は子供のいろんなことが心配になるわよね。でも、最終的にはその子の生命力を信じるしかないのよ」


我が子を守り抜こうとガチガチになっていた私にとって、この言葉は暗闇に射す一筋の光のように感じられた。そうだ、親にだってどうしようもないこともある。最終的には、本人の生きる強い力を信じるしかない。

どんなに大切なわが子でも、永遠に親が側で戦ってやるわけにはいかない。いつかは手を離し、独り立ちさせなくてはならないのだ。そのために、子供には訓練が必要だが、親もまた同様に、子供の生命力と、それを取り巻く社会とを信じる「勇気」を、自分の内に育んでいかなくてはならない。漠然とした不安と否が応にも向き合い、しかし最終的には「子供の生命力を信じる」ことに一つの答えを見出したマタニティブルーの時期。確かに苦しかったけれども、改めて振り返ると私にとってあれは、親となる上で必要な勇気の種を授かる、避けては通れない重要な儀式であったようにも思うのである。

ちなみに後に知ったことだが、巨大匿名掲示板として日本の闇を一手に引き受けていた当時の「2ちゃんねる」の中でも、「育児板」というのは特に争いが絶えないことで名高い掲示板だったらしい。育児板が殺伐、これだけ聞くと一瞬悲しい気持ちになるが、投稿者の中にはかつての私のようにマタニティブルー真っ只中の人だっていたのだろうし、子を守ろうとする思いは時に人を殺気立たせもする。よくよく考えれば、理にかなっている。

近年では、「2ちゃんねる」に限らずQ＆Aサイトなども充実していて、ますます多くの人が、出産、育児に関する情報をインターネットから取得している。不安や疑問がすぐに解決できるというのが一番の利点だが、一方で子育てというのは当然ケースバイケース。拾った情報をすべて鵜呑みにしているとかつての私のように沼に陥りかねない。自分の中で当然ながら意識的に取捨選別する必要がある。

ところが、右も左も分からない時にはその判断が案外難しい。何を信じればいいか迷った時に個人的にお勧めなのは、まずは数ある情報の中で、最も優しい、安心できる一言を信じてみる、ということだ。匿名が許されるなかでは、相手に有益な情報を与えるフリをして、自分の鬱屈した気分やフラストレーションを発散しようとしている投稿者も少なくない。これはいわゆる「闇の魔術」ならぬ「病みの魔術」であって、真に受けていると次第に自分まで鬱屈としてくるし、そのストレスをどこかで発散したくなる。こうなってしまうと厄介だ。当然ながら、病気や命にかかわることなど、情報に正確性が求められる場合には専門家に相談するという前提のもと、まずは自分の精神状態を健やかに保つための材料を拾うようにする。「病みの魔術」からくれぐれも身を守りながら嗜む。これが、私が思うインターネットの正しい歩きかたなのである。

親子の絆を深めるコンビニ弁当

長男が生まれてから3年後、待望の第二子が誕生した。女の子だった。

二人目を妊娠した時、すでに夫は福岡の純朴な下戸から、六本木のイケイケなザルへと化していて、帰宅時間は決まって深夜だったので、夜間、私が急に産気づいたとしても、夫はアテにならない。実家は遠く、その頃には幸い何人かママ友がいたが、それでも急に幼い長男の面倒をみてもらうのは気が引けた。そんなわけで、二人目は計画出産をすることにした。

計画出産は、病院であらかじめ出産の日程を決めて、たいていはその前日に入院し、当日に人工的に陣痛を起こして産む。あまり予定日間際に設定してしまうと計画日前に自然に出産することにもなりかねないので、計画出産の日程はだいたい出産予定日より2週間ほど早めに設定される。娘は9月27日に生まれることになった。ちなみに私は9

月26日生まれ。どうせなら同じ誕生日に……と思うところだが、そうならなかったのは担当医の出勤日の都合だ。これもまた運命。

当時、わが家にはまだまだ潤沢な資金があった。潤沢な資金がある場合とそうでない場合の大きな違いというのは、高いものを買うか買わないか、ということではなく、高いものも安いものも選ばず買える、ということなのである。妊娠の兆候があってから一番早く予約が取れたからという理由で、都内で最も分娩費用が高いとされる病院を選んだ。

その病室は基本的にすべてホテル仕様、バストイレ付きの個室になっていて、患者のニーズに応えるべく様々なタイプが用意されている。スタンダードな部屋はダブルサイズのベッドにソファ、ローテーブルといった家具が配置されているのだが、最高ランクの部屋はこれに応接室やダイニング、さらに複数の部屋がくっ付いて、ホテルのスイートルームみたいになっているのだ。仮にそこに7日間泊まれば、費用は100万円かそこらでは済まないものと思われる。政治家や大企業の経営者など、本人あるいは身内の出産も仕事のうちという人たちが世の中には一定数いるわけで、最高ランクのあの部屋は、そういった人々のために備えられているというわけだ。

わが家には当然そんな必要はなかったので、ラグジュアリーな病院の最低ランクの部屋に泊まっていた。ところが産後3日目に夫から電話があり、当時、彼が仕事でお世話になっていたとある偉い人が、今まさにこちらに向かっているという。エエエッ、と思わず小さな悲鳴が漏れた。いつも仕立ての良いスーツを着て、白い歯をキラリと光らせて笑う、運転手付きのお車で移動されるあの人がやって来る……！

むくんだ顔にすっぴん、パジャマでくつろいでいた私は慌てた。二人目の出産ということで妙な精神的余裕もあり、完全に主婦業からのオフタイムを満喫していた。いくら何でも化粧くらいは……と眉毛を片方描いたところで、その偉い人がお付きの方と共に病室に到着。私はやむを得ず、半分だけ眉毛が凛々しい状態で応対した。輝くような笑顔で「このたびはおめでとうございます」とお祝いの言葉をかけてくださるお偉いさん。美しい大きな花束と、ティファニーのギフトボックスをありがたく頂戴した。忘れられない思い出である。

ところでこちらの病院というのは、豪華で充実した設備だけでなく、無痛分娩を実施しているところとしても知られている。お医者さんによれば、私のように計画出産をする人の多くは無痛分娩を選ぶそうだ。私も、どうしますか？と尋ねられたのだが、長男を普通分娩で産んでいるので、二人目だけ無痛で産んでしまうと、それぞれへの愛情の大きさに差が出てしまうのでは、と非科学的な考えに囚われてしまった。それで、無痛分娩はしないことにしたのだ。

ところが結果的にこれは大きな失敗だったと感じた。

一般的に、陣痛というのは緩やかに始まり、徐々に間隔が短くなって、痛みも頂点に向け強まっていくものだが、計画的に陣痛を誘発させて産むとなると、いたってフラットな精神状態のなか、膣の奥をお医者さんの指でグリグリやって子宮口をこじ開けられたり、お薬の効果で急激に強まった陣痛と対峙したりしなきゃいけないのだ。パンチが効いている。あくまで個人的な感想だが、標準的な10時間ほどの陣痛を経て普通分娩で産んだ一人目より、陣痛が起きてから3時間ほどで出産にいたった計画出産の二人目の方が全体的な痛みが凝縮されている分ハードであった。

陣痛の途中、初産ではないのに私があまりに痛がるので、痛み止めの注射を打つことになった。でもこのタイミングが残念ながらちょっと遅く、注射された直後にボロっと娘が生まれてしまったのだ。ただでさえ産み終えてすっきり爽快なところに強めの痛み止めが見事にキまって、出産直後の私はそれまでの人生で経験したことのない、最高の快感を味わった。あらゆる重力から解放され、宙に浮いているかのようだった。できることならあの快感をもう一度体験してみたいと折に触れて思う。いずれにしても、あのひどい陣痛を再び味わうかと言われたら絶対に嫌なので、仮にもし今後3回目の出産をするようなことがあれば、その時は私、迷わず無痛分娩にすると決めている。

「苦労は買ってでもしろ」精神が根強い日本において、「親業」というのは特に、楽をしちゃいけない、苦労しなきゃいけないと無言の圧力をかけられがちなお仕事である。だから、いまだに無痛分娩をよしとしない人も一部にはいるようだし、かつての私のように、陣痛を経験するかどうかが子への愛の深さに作用すると、大真面目に考えている人もいる。

確かに育児には、ある程度の辛抱は必要だ。赤ん坊が腕の中で延々とぐずっても取り乱さない、むにゃむにゃ聞き取れない会話に子供の気が済むまで付き合う、そういった根気強さが必要なのは事実である。だけど、陣痛の痛みってどちらかと言えば短距離走、火事場の馬鹿力に近い。たかだかその痛みに1回、2回耐えたところで、急に長距離走に耐え得る体になんかならない。親としての体力、忍耐力は、産んだ後の子供との長い生活のなかで、必要に迫られて鍛えられていくもの。陣痛に耐えてこそ親、なんて言う人は他人にも自分と同じ痛みを体験させたいだけじゃないだろうかとすら思う。

同じような話は産んでからも続く。一部ではいまだに、子供の使う巾着やスモックは親の手作りでなければならないとか、お弁当に冷凍食品を入れてはいけないという決まりを作る幼稚園もあるという。

父親も母親も忙しい現代に、何という時代錯誤な話だと気が遠くなる。

わが子が幼稚園児だった頃、私はまだ専業主婦で、比較的時間に余裕もあったので、実際にスモックやコップ入れなど、幼稚園グッズ一式を手作りしていた。別に幼稚園にそう指定されたわけでなく、単に自分がやってみたかったからである。慣れない裁縫に非常に苦労したが、現在それぞれ中学生、小学生となった子供たちは、そんな昔のことなんてまるで覚えていない。何時間もかけて作ったスモックは、洗濯すると縫い目の端からほどけていって、私は二度、三度と泣く泣くそれを縫い直した。そんなことも、彼らは当然のように記憶していないのだ。あの手間が親子の関係性において何かしら役に立つとすれば、今後もし子供たちが理不尽に反抗的な態度をとった時、「私はね、昔、あなたのスモックを縫ってやったのよ！」と恩を着せられることぐらいだろう。それだって「だから何だ」以上の話になるとも思えないが。

たとえばどこかに移動する際、車に乗るより歩いた方が健康に良いということは誰だって知っている。けれども時間と体力は有限だし、非効率的なことばかりやっていられないから、人は車に乗る。ところが、こと子供のためという大義名分の下では、親の時間や体力が有限であることは度外視され、いまだに決して少なくない場面で、暴力的な最大公約数の育児法を押し付けられたりする。こうなると親には体がいくつあっても足りないし、結果的に子供を産み育てることのハードルが異常に高くなってしまう。

テレビやメールやSNSやウェブコンテンツ。大人の隙間時間は今、あらゆるサービスやビジネスによって虎視眈々と狙われている。あの手この手でユーザーの時間をより長く占有することを、あらゆるサービスが目論んでいるのだ。そんななかにあって、効果のほどは不明だが何となくやっといた方が良さそうだとされることに、延々と時間を割いていられない。古いやりかたを思考停止で受け入れるのはいい加減やめて、行政や周りの人や有料サービスなど、便利なものには頼れるだけ頼る、手を抜けるところはとことん手を抜く、そうやって、親が時間と心と体力に余裕を持つことを最優先するべきだろう。何しろ親子関係とは逃げ場のない人間関係、どちらかが余裕をなくせば簡単に息がつまって、ストレス製造機と化してしまう。職場や学校が辛いなら変えればいいし、家族だってどうしても合わなければ大人になってから解散すればいい。ただし少なくとも子供のうち、彼らには思うままにそれを実行する自由がないのだから、せめて家族が重荷にならないように、毎日のなかで少しでも多く、面白い仕草や言動をお互いに拾い集めて、クスッと笑って生きたい。

先日、息子が中学校の授業の一環で私に宛てて書いた手紙が届けられたのだが、内容を見て戦慄した。左がその全文である。

〝お母さんへ

いつもありがとうございます。

毎日おいしいご飯を作っていただき誠に感謝しています。

お母さんの作る料理は、コンビニ弁当の次くらいにおいしいです。

ちなみに僕にとってコンビニ弁当というのは至高にして至極の存在であり、食べ物の王というべきものだと思っています。

それはともかく日々感謝しているというのは本当です。

これからもどうかよろしくお願いいたします。


コンビニ弁当〟


私への感謝という体裁を装った、コンビニ弁当愛を語る手紙であった。差出人名がコンビニ弁当になってしまっているところからは、恋心が極まると対象物と同化したくなると説いた三島由紀夫『仮面の告白』をも彷彿とさせる。

息子のコンビニ弁当好きは実際なかなかのものであり、私が忙しい日など、これで弁当でも買ってくれとお金を渡すと、ありがとう、ありがとうと狂喜乱舞しながら感謝の気持ちを伝えてくれる。下手に手間暇かけた一汁三菜よりも私と息子のエンゲージメントを高めてくれるコンビニ弁当。「コンビニ弁当を食べながら自分の部屋でYouTubeを見るのが、俺の最高の楽しみなんだよ」と幸せそうな顔で言う息子を見るにつけ、うん、私の子育ては決して間違ってはいなかった、と胸を熱くするのである……一抹の不安を覚えながら。

許す人は寛容なのか

バスに乗っていた時のこと。ある停留所で停まったバスが、5分ほど経ってもいっこうに動こうとしない。何事かと思ったら、杖を持ったおじいちゃんが乗り口の段差に難儀し固まってしまっていた。奥さんとおぼしきおばあちゃんは先にバスに乗り込んでいて「ほら、あんた迷惑かけてるんだから急ぎなさいよ、歩けるでしょ」と声をかけている。おばあちゃんも足が悪いようで、同じく杖を持っている。おじいちゃんは運転手さんの手を借りながら何とかゆっくりバスに乗り込み、座席に腰掛けた。そうしてやっとバスが発進すると、老夫婦はすぐに降車ボタンを押した。次のバス停で、同じようにおばあちゃんが先に降り、おじいちゃんは、ゆっくりとバスを降りていった。

やっとおじいちゃんが段差を降りられた時に、ひゅっと突風が吹いておばあちゃんのかぶっていたカツラが飛ばされた。右手でおじいちゃんを支えながら、おばあちゃんは左手でカツラを追いかける。そうこうしているうちにバスが発進し、二人の姿はどんどん小さくなっていった。

そんな二人と別の日、同じバスで再会した。

一度目と同じ停留所で動かなくなったバス。「バスの前に出ると危ないですよ」と運転手さんが声をかける。どうやらおばあちゃんがバスの前で発車を待ってもらいながら、停留所の反対側、道を渡る途中で心が折れて動かなくなってしまったおじいちゃんに「早く来なさいよ」と促しているようなのだ。

状況を理解した運転手さんはバスを降りて対向車線まで歩き、おじいちゃんを抱きかかえて道を渡らせてあげた。先にバスに乗り込んで、なす術なくその様子を見ていたおばあちゃんは、申し訳ない、申し訳ないと呟きながら涙を拭っていた。おじいちゃんがようやくバスに乗り込むと、おばあちゃんは「みなさんお待たせしてしまってすみませんね」とやはり涙を拭いながら言う。

おじいちゃんはおそらく歩くことも段差を登ることも、ゆっくりであればできるのだ。ただ、どうしてもしんどいので途中で心が折れてしまう。しかし、だからといって歩かなくて良いことにしてしまうと筋力がぐんぐん衰え歩けなくなってしまうので、おばあちゃんのように、周囲は何とか歩かせ続けなければならない。

老夫婦は、この時もやはり次の停留所でゆっくり、時間をかけて降りていった。運転手さんは二人に「一駅分でも歩くの大変ですからね、遠慮なくバスを使ってくださいね」と声をかけた。

迷惑をかけている、申し訳ないという気持ちを少しでも抱かせないために、同じバスに乗っている客として何かアクションを起こさなければと強い気持ちに駆られたけれど、その時おばあちゃんに声をかけようものなら、一方的に感情を高ぶらせ涙が出てしまいそうで結局何もできなかったので、運転手さんのその一言に、私も救われたような気持ちになった。


子供たちがまだ小さかった時、私も似たような経験をした。

まだ上手く歩けないけれど、とにかく歩きたがる息子が、ゆっくりとバスのステップを登る。冷静に考えるとわずかな時間だけれど、その間、他のお客さんを足止めしてしまうので、すみません、すみませんと平謝りした。飛行機の中でどうあやしても泣き止まない時にも、ベビーカーに子供を乗せて電車に乗る時にも。すみません、すみませんと、その都度謝った。片手で上の子と手を繋ぎ、もう片方の手で下の子を乗せたベビーカーを押しながら、突風でスカートがめくれてパンツ丸見えになって、ああ腕が3本あればスカートが押さえられるのにと思いながら、やむを得ずパンツを見せて歩いたこともあった。その時も何も悪いことなんてしていないのに、すみません、すみません、という気持ちだった。

実際、子供の泣き声に「うるさい」とレストランで怒鳴られたこともあり、世の中、怖い人だらけのように思えてビクビクしていた。大人のルールで行動できない自分たちは、それだけで社会に迷惑をかけているようで、漠然と後ろめたかった。だからこそ、ふと「可愛いわねえ」なんて子供に話しかけられたり、笑いかけてもらったりするだけで涙が出るほど嬉しかったものだ。それでも、何とか乳幼児期の子育てを乗り切ることができたのは、子供たちが育つまでの一時的なものだという気持ちがあったからこそだと思う。

バスで出会った老夫婦は、今をしのげばそのうち状況が良くなるという希望が無いなかで、それでも他者の理解と協力が不可欠な生活を送らざるを得ない。

少なくとも、バスの乗客は誰も二人に批判的なことを言わなかったし、そんな視線も向けなかった。でも、もし仮にあの時、おばあちゃんが泣きながらああやって何度も謝っていなければどうだっただろうと、ふと思う。

別の日にバスの中で見かけたとあるお母さんは、赤ちゃんをおんぶ紐で背負い、膝に上の子を乗せて、狭い一席に三人で座っていた。遠慮しているのか、それとも上の子が望んだからそうしているのかわからなかったけれど、二席でも三席も使っていいんだよと伝えればよかった、と後になってとても後悔した。

ニュースサイトやブログ、ネットの掲示板ではしばしば、電車の中で泣く赤ん坊にまつわる様々なエピソードが、派手な議論を巻き起こす。ある時には、泣いている赤ん坊と懸命にあやしている親を怒鳴りつけるおじさんが悪者として糾弾され、また別の時には、泣いている赤ん坊をあやそうとしない親を辛辣に批判する若者が、ヒーローのように讃えられる。

こういった話題に数多く触れているせいか、小さい子を持つ親は、何となくいつも、厳しい誰かによって、この親は常識的か非常識的か、見定められているような気持ちを抱えている。子供なんて、いつ何時手がつけられないほど泣き出すのかわからない。だから事前の保険として、まだ泣いてもいないうちから「私は子供を連れているので、もしかしたらあなたに迷惑をかけるかもしれませんがそれは不本意だし、迷惑をかけないように全力で努力します」とすまなそうな顔をする。

健康で、誰の手を借りる必要もない大人とバスに乗り合わせても、この人は謙虚、この人は横柄だと判断したりはしないのに、周囲の助けや理解を必要とする人、社会的に立場の弱い人に対しては特別に、受け入れるに値するかを一段高いところから判断しようとする。そんな無自覚な浅ましさは、案外多くの人の心に巣食っているようにも思う。

足の悪い老夫婦が肩身の狭い思いをしなければ、バスの遅延が受け入れられない社会、お母さんのつらそうな顔と引き換えにしなければ赤ん坊の泣き声が許容されない社会。そんな社会を果たしてどれだけの人が本当に望んでいるのだろう。たとえば、電車でスーツ姿の男性が大泣きする赤ちゃんを大慌てであやす姿を見て「うるさいけど親も一生懸命だし我慢してやるか」と思った人はきっと、自分が親になった時、他の誰かの目を気にして、オドオドしながら電車に乗るだろう。私たちはもしかすると、さながらチキンレースのように、身近な誰かが音を上げるまで延々と「見下し」のバトンを回し合っているのではないだろうか。

赤ん坊との暮らしが他人事の人だって、自分がいつ、事故や病気で障害を持つとも限らない。またそうでなくても、誰もが皆平等に老い衰えるのだ。強い者が弱い者を許すことで秩序の保たれる社会は、本当に寛容だと言えるのだろうか。

足の悪い老夫婦が、あるいは小さい子を連れた親が、バスに乗る。そんな当たり前のことに肩身の狭い思いをしなくていい社会は、きっと誰の利益を損なうものでもなく回り回って自分にも優しい。優しい社会で生きていきたいと思う。

31歳主婦、はじめての就職

結婚前に一時期、音楽の専門学校に通っていた。ジャズシンガーを目指していたのだ。日中はレッスンを受けて、夜には中洲のジャズバーのオーディションを受ける。といってもオーディションなんてそんなに毎日あるわけではないので、家の近所にあったファミリーレストランの厨房でアルバイトをしていた。アルバイトなんて高校生でもやるんだから、まあちょろいもんだろうと思って飛び込んだ。……ところが蓋を開けてみれば私、全く使えないバイトだったのだ。

慌ただしいファミレスの厨房では、一つ注文を受けたら、皆が一斉に自分のやるべきことをやらなくてはならない。ハンバーグの注文を受けたら自動的に、焼き場はハンバーグを焼く、揚げ場の人は付け合わせのポテトを揚げる、セットだったらサラダの担当者が野菜を盛り付ける。ところが、私にはそれが全然できなかった。同時期に働きだした同い年の女の子は、私とは真逆のとても気の利く子だったので、食器洗い係からサラダ盛り付け係、揚げ場へと持ち場を順当にステップアップしていく。一方、指示されなければ動けない私は、当然ながらいつまで経っても食器洗い係。でも当時は何が原因なのかさえわかっていなかった。そうこうするうちに結婚し、妊娠。ひどいつわりに悩まされるようになったので、食器洗い係のままバイトを辞めた。

その後、専門学校も辞めて、子供を産み、母となった。

子供が育つにつれ、東京でたくさんのママ友ができた。バブル期に華やかな遊びに散々身を投じてきたお姉さんたちは、福岡の片田舎から上京したばかりの掘り立ての芋のような私に、美味しいもの、上質なものを手取り足取り教えてくれた。ホテルのレストランでアルコール付きのランチを食べて、千鳥足で幼稚園までお迎えに行く。それはもう楽しい毎日だった。

一方で、どんなに楽しくても、自分が働いていないということに絶えず後ろめたさも感じていた。母として子供を育てているし、専業主婦にも専業主婦のお務めがあるわけで、決して非難されるような立場ではない。ひとえに私自身の問題だった。私の労働体験は、あのファミレスの厨房での苦い記憶のままで止まっていたから、「働く」ということが一つのコンプレックスになっていたのだ。
それでも特に何を始めるでもなく過ごしていたが、日が経つにつれ、段々と夫婦関係がギクシャクし始めた。夫婦の終わりが見えてくると、自力でお金を稼げないことへの危機感がいよいよ切実なものとなった。今後、もしかしたら私が一家の大黒柱になるかもしれないので、その時に備えて、何か手を打たなければならない。だけど現実的な問題として、最終学歴は専門学校中退、社会人経験ナシ、かつ二児の母である私が、何のツテもなく履歴書を出して面接に赴いたところで「はい採用」というようなことがあるだろうか。仮にあったとしても、そこで得られるお給料では、東京での暮らしは到底維持できないように思われた。

そこで私は賭けに出た。専業主婦の経験で培った料理とおもてなしスキルをもって、頻繁にホームパーティーを催したのだ。いやいや、それが就職とどう関係があるのかと疑問に思うかもしれないが、そもそものきっかけは、夫と私の別居を耳にし、心配してやって来てくれた友人たちを手料理でもてなしていたことだった。次第に、都会のコンクリートジャングルには家庭の味を欲している寂しい戦士たちが大勢いることがわかった。当時、無職の私には料理をする時間が余るほどあったので、彼らを次々と招いてご飯を振る舞った。そうするうちに、友人がその友人を紹介してくれるということが増え、私が外に出向かずとも、少しずつ私の世界が広がっていったのだ。

そんななか、ホームパーティーで知り合った人の縁で、非営利団体の運営ボランティアをすることになった。IT企業に勤める人たちのために勉強会を開いたり、イベントを開催する、そのお手伝いだ。実際のところ、IT業界で仕事をしているわけでも何でもない私には、ここでのイベント内容が直接役立つということは全くなかった。むしろここで活動するためにベビーシッターさんを雇ったり、子供の面倒をみてもらうために実家の母に福岡から上京してもらったりしたことを思えば収支は大赤字。それでも、私には必要なことだと思った。何しろここでの仲間は、私にはろくに社会人経験が無いというバックグラウンドを知っていて、その上で迎え入れてくれたからだ。

彼らはビジネスメールの書きかたやプロジェクトの進行管理法まで、普通なら20代前半で教わる仕事の基本を、31歳の私に一からていねいに教えてくれた。当時は名刺を持ったこともなかったし、ビジネスメールの書き出しが「お世話になっております」であることすら知らなかった。本当に色々なことを教えてもらったのだ。

そうこうするうちに、ここでの活動を通して知り合った経営者に「うちを手伝ってくれない？」と声をかけてもらって、ついに、都内の小さい出版社で働くことが決まった。そこでお客さんにお茶を出したり、洗い物を片付けたり、雑用係として働いているうちに、もともとスタッフの少ない会社だったこともあり、気が付いたら広報や営業を任されるようになっていた。アカデミックな関心の高い人たちの集まる会社として知られており、正攻法で就職しようと思ったところで、私など履歴書で弾かれていただろう。そんな稀有な人たちとの、リアルな場での出会いが私に仕事をもたらしてくれた。すべてはホームパーティーが繋いだ縁だったのだ。


このタイミングを逃せばもう後がないと、初めの頃は、とにかく必死に目の前の仕事にしがみついた。当時、息子は11歳、娘は7歳。

必要に迫られて働いているのは事実でも、それによって子供に少なからず寂しい思いをさせている。そんな負い目が、いつも心に重くのしかかっていた。平日にかまってあげられない分せめてもと、休日には旅行や映画や動物園と、子供たちを色んなところに連れて行った。けれども結果的にそれは週7日、何ヶ月も休みなく労働しているようなもので、過労で倒れて救急車で運ばれたこともあった。

様々なトライアンドエラーを経て、現在は複数の企業から、その時に請け負えるだけの仕事をスポット的に受ける、フリーランスとして働いている。私にとってはこの形が、現時点で最も持続可能な働き方のようだ。

これだけ医療が発達した今日においても、やっぱり出産は女性にしかできないことで、出産後も仕事を続けたい女性にとって、いつ産むか、というのはとても悩ましいテーマだ。私は現在33歳。14歳の息子と10歳の娘は、もう幼児期のように頻繁に熱を出さないし、留守番もできる。料理だって作ってくれる。これから、順調に積み上げてきたキャリアを一時ストップして出産、子育てしようとしている同世代の友人たちには羨ましがられることもあるけれど、かといって今の私の産みかた、働きかたが実現したのは、たまたま身を置いていた環境によるところが大きく、30歳を越えて仕事に就くには、やはり何らかのトリッキーな策を講じる必要がある。

産んでからキャリアを積むのだって、積んできたキャリアを一時中断して産むのだって、どちらにもクリアするべき課題がある。だから結局のところ、いつが最もベストな産みどきか、という問いの答えは、凡庸だが「妊娠したとき」と言うより他ないような気がしている。妊娠したら、産むことになったら、その時に自分の手元にある食材を目の前に並べてみて、最適な調理方法を走りながら考えていくしかない。

出産という大きな任務をひとりで遂行せねばならない女性が、男性と同じように働くというのは肉体的、精神的に何かと負担も大きい。けれど、それでもなお仕事を続けることのメリットは大きい。

「自立とは依存先を増やすこと」

これは、貧困支援の活動を続ける団体のイベントで耳にした、脳性まひの障害を持ちながら小児科医として勤務される熊谷晋一郎さんの有名な言葉だ。

自立とは誰にも頼らないこと、依存せずに生きることだと考えがちだ。けれども実際はそうではなく、自分を生かし続けるための依存先をたくさん持っていることが大切なのだと熊谷さんは言う。

専業主婦であることのリスクは、経済的、精神的な依存先が、夫や子供など、家庭の中だけに集中してしまいがちなことにある。実際に私がそうだった。だからこそ、夫婦が互いに傷付け合うだけの関係になっても、そこから自分を逃がす道を見つけるまでに、長い時間がかかってしまったのだ。

金銭的に働く必要がなければ働かない、というのはまっとうな考えかただし、いざという時のことは何か起きてから考える、という生きかたには大いに共感するところもある。すぐにお金を稼ぐ必要がないのであれば、まずは足がかりとしてボランティア団体や趣味の教室、興味のあるサークルにとりあえず所属してみるというのはどうだろうか。

新たな人間関係を築いたり、未知の世界に足を踏み入れてみることが何より大切だ。新しく出会う人たちは、いつだって新しい役割を運んできてくれる。誰かの役に立てばそこに自分の新たな居場所ができるし、うまくいけばその先に収入の糸口を見出すことだってできるかもしれない。精神的、経済的な依存先を家庭の外に少なからず持っていれば、もしもの時に自分を自由にできる。計画通りにいかない毎日をタフに乗り切るためにも、自立するための手立てを打っておくのは決して悪いことではない。社会の中に居場所を増やすことが、精神的な依存先を増やすこと、つまるところ「自立」へ繋がる道なのだろうと思うのだ。

「媚びて生きればイージーモード」は真実か？

福岡から東京に出てきたばかりで、元夫の会社が軌道に乗り、少しずつわが家の生活が豊かになっていった頃。彼はよくうちに会社のスタッフや仕事関係の知人を連れてきていた。何しろ子育て中の専業主婦にとって、家にお客さんが来るというのは数少ない、社会と繋がりが持てる機会で、私は張り切って部屋を掃除して、何品も料理を作ってもてなした。お客さんに喜んでもらうことも、お料理上手ですね、良い奥さんですねと褒められるのも嬉しかった。家庭の中にばかりいて四六時中赤ん坊と接していると、褒められる機会なんて滅多にないから、もうそれだけで天にも昇る気持ちになってしまう。

そうやって繰り返しお客さんを迎え、喜ばれることに喜びを覚えているうちに、私は一つ発見をした。私が最も高い評価を得るには、別にこれといった面白い話をする必要も、腹踊りなど特別な芸を披露する必要もない。ただ家にやって来る男性客の話をふんふんと、ニコニコしながら聞いていて いい気分にさせていれば良いということだ。

世の中の多くの大人にとっては何を今更という周知の事実なのだろうが、中学・高校と女子校に通っていて、そのまま一度も社会に出ることなく家庭に入ってしまった私は、男性が女性に、女性としての特定の振る舞いを期待する世界を見事に知らなかった。唯一、身近に接していた男性である父は、単身赴任で留守がちだったし、家に戻ってきても、子供のように無邪気な母にただただ寛大な人だったので、女性としてこうあるべき、という形を押し付けることがなかった。

そんな状況下で嫁入りし、専業主婦となり、お客さんをもっと喜ばせたいという飽くなき向上心でおもてなしを探究した結果、足を踏み入れたこともないのに、スナックのママという「概念」に辿り着いたのである。非常に良い勘してるなと我ながら思う。とにかく無駄にしゃべらない。「聞き上手」を心がけて以来、ただ美味しいご飯を振る舞っていただけの時よりも、「良い奥さん」たる評価は目に見えて上がった。「いや〜俺も結婚したくなりましたよ」なんて、うちに来た独身男子が口にする度に私は、しめしめとほくそ笑んでいたのだった。

それから数年後。小さな出版社に所属し働き始めたところ、ここでも専業主婦の間に培った「聞く」スキルが大いに役立った。決して出しゃばらず、ただニコニコと頷きながら相手の話を聞いてさえいれば、まず敵を作らない。経験が乏しく、社会のしくみが右も左もわからない新社会人の私にとって、微笑みは最大の防御だった。誰かの意見に対して、仮にもし、ちょっと違うんじゃないかなと思っても、わざわざ口に出せば角が立つし、自ずと議論が生まれてしまう。だけど何も言わなければ平穏が保たれるのだ。的確な発言をせずとも、リーダーシップを取らなくても、暖かい微笑みで場を和ませる。それで周りの人々もよしとしてくれるんだから十分じゃないか、とそんな風に思っていた。

ところが、半年近くそんなスタンスで仕事をしていると、何と私の顔面に不思議な変調が起き始めた。もともと山型だった眉毛が、いつの間にやらすっかり八の字に垂れ下がっていたのだ。

いつからこうなっていたんだっけ、とドキッとした。眉毛なんて剃って描けばどうにでもなるだろうと手早く修正しようとしたが、しっくりくるように調整しても、結局はどうしたってまた下がってしまう。初めのうちは気のせいかと思ったけれど、会社によく来るお客さんに「いつも困った顔してますよね」と言われ、やはりそうかと、すぐに確信に変わった。過去30年間、そんなことを言われたことはなかった。

同じころ、妙に疲れやすくもなっていた。1日が終わると、言いようのない虚脱感に襲われる。人とぶつかることもなければ自分の無知を露呈することもなく、それなりにうまくやっているはずなのに。おかしいなあと首をかしげる日々。


そんなある日。会社にとある有名な起業家がやって来るということで、私はアテンドを担当することになった。緊張感の漂うオフィスに現れたゲストは、テレビや雑誌で見かけるそのままの印象で、「おおっ」と私のミーハーな心がざわめき立った。……がその日、そんな大物ゲスト以上に私の心を鷲掴みにしたのは、一緒にやって来たお付きの女性だったのだ。私より一回りくらい年上だろうか。抜群のスタイルにロングヘアの美しい寡黙な人。仕事に厳しいことで知られるゲストの右腕として、スケジュール調整や海外展開の交渉などあらゆる仕事を一手に引き受けている、業界では名の知れた超敏腕マネージャーだった。

当時、秘書や広報といった補佐役の女性たちと顔を合わせることが多かったが、彼女たちは基本的に愛想がよく、物腰の柔らかなことが多い。ところが彼女はというと、そういったいわゆる癒し系の秘書とは明らかに一線を画していた。何しろ一切無駄に笑わないのだ。誰かが冗談を言って、わっと場が沸く。気になってちらっと彼女の方を見やると、顔色ひとつ変えず、フランス人女優のようにアンニュイな表情で遠くを見ている。それでも決して「無愛想だな」とか、「失礼だな」と思わせないのは、彼女が圧倒的な「戦士」のオーラをまとっていたからだった。

その日のゲスト、つまり彼女のボスは、仕事にとても厳しいことで知られていた。ある人は疲弊して会社を去ったらしい、ある人は逃亡したらしい、そういった噂は、社外の人間である私の耳にも漏れ聞こえてきていた。そんな殺伐としたなかで、彼女はかれこれ10年以上、第一線に立ち続けているという。一体これまでいくつの修羅場をくぐってきたのだろう、どれほどの傷を負い、何度そこから這い上がってきたのだろうと、私は彼女の歩みに思いを馳せた。

後に人づてに聞いたところによると、彼女は秘書業だけに留まらず、自身の得意とする文学の分野で専門誌に論考を寄稿するなど、個人としての仕事も非常に高く評価されていることがわかった。ネットで見つけた彼女の文章は、豊富な知識をベースに鮮やかな論理で展開されていて、彼女の外見同様、大変美しいものだった。社会人になりたての私は、いつか彼女のようになりたい、と強く思ったものだった。

その後、フリーランスとして広報の仕事や、イベント企画の仕事をするようになった。自分の名前を看板に掲げて仕事を受けるからには、これができますと自分のスキルを提示して、依頼されたことを実現しなければならない。ただニコニコしていたところで誰も代わりに仕事をしてはくれない。また同じ頃から、寄稿や連載の仕事も増え、自ずと私個人の体験や考えを発信していく機会も増えた。私にはこれができます、私はこう思います、と言うと、できなければ怒られるし、異なる意見を持っている人からは当然反論される。それなりに痛い目に合ったりするうちに、気が付けばいつかのように、眉毛が八の字に垂れ下がることはなくなった。

決して勝ち戦の数ばかり積み上がったわけではないが、不思議なことに、最近自信がついてきたように思う。……と言っても、それは、何でもできるという万能感というわけではなくて、もし失敗してもだいたいこれくらいの痛みで、これくらい時間があれば回復するだろうという自分への信頼、自分にはこれだけ痛みの耐性があるという自信である。

最近わかったことだが、仕事をするというのは、さながらびゅんびゅんボールの飛び交うドッジボールのコートの中に立つようなもので、いつ何時、自分にボールがぶつけられるかわからない。当たったらきっとすごく痛いんだろうな、と想像しながら痛みに怯えて延々と逃げ続けたって、一応はゲームに参加している。だから、飛んできたボールをきちんとキャッチしようと努力してみたり、敵を狙って投げ返してみたり、試合の挑みかたによって自分の顔つきが変わるのは当然のことだったのだ。


単純に考えれば誰だってトラブルは回避したいし、人に嫌われるよりは好かれた方が、人生をイージーモードで生きられる気がする。だからこそ、つい人に媚びる。楽に生きていくテクニックとして愛想笑いをし、穏やかな場を保つためにノーだと思っても頷いてしまう。だけど、そんな風に勝負を回避し続けていると、いつまで経っても痛みの程度を知ることができない。ガツンと殴られた時にどれくらい痛むのか、どうやったら回復するのか、わからないから恐いままだ。

たくさんの生傷を作りながら、ここぞという時には勇気を持って勝負に挑む。勝利はその後のビールを一層美味しくしてくれる。敗北は自分の心と体の強度を知らしめてくれる。「これくらいなら大丈夫」と自分を信じられる力、自信という名の筋力を高めることこそ、私たちの人生ゲームを真の意味でイージーモードに変えてくれる、唯一の道なのだろう。

底抜けに明るい主婦は真夏の太陽

公園デビュー、幼稚園でのママ友派閥、お受験戦争。テレビやインターネットで目にするママ友が絡む話題は、とにかくやたら殺伐としている。だからきっと世の多くの人々は、ママ友付き合いって、ただ漠然と、めちゃくちゃ怖いものだと思っているに違いない。ご多分に漏れず、出産前の私自身もまたそのうちの一人であった。学生時代は友達付き合いが苦手だったし、何か一つでも間違えば命取りになりかねないママ友コミュニティに身を投じたとしても、うまくいくはずがないだろうと思っていた。妊娠中から、ママ友のいないママが集まって慰め合うネットの掲示板を見て、孤独に耐えるイメージトレーニングに励んでいたほどである。

ところが、いざママになってみるとびっくり。恐れていたママ友付き合い、実はとても楽しかったのだ。

なぜかと考えてみると、何より出産後、私自身の心持ちが大きく変わったからだろう。10代だったということもあるけれど、それまではいつだって自分のことを一番に考えて、いつだって自己実現の努力をし続けなければいけないような、妙な焦りに駆られていた。1982年生まれの私が高校生の頃というのは、音楽業界では宇多田ヒカル、文学界では綿矢りさと、同世代が若くして次々に成功を収めていた時代だった。早く何者かにならなければならないような、10代が急き立てられる空気が蔓延していたのだ。だからこそ、母になった途端、そんな自分探しの長いトンネルから、ようやく抜け出ることができた気がした。お母さんだから、自分より子供の生活をまずは考えるべきという状況が、すごく楽チンだった。人の輪の中で自分がすごいやつだと必ずしも認められなくていい、初めてそんな風に人付き合いができるようになったのだ。

ママ友付き合いとは、自分より優先順位の高い子供のハッピーな生活を後押しする、副次的なお付き合いにすぎない。たまにその前提を共有できない人もいるようだが、幸いにも私の周りのママ友たちは皆、その認識を持って、大人として適切な距離感で接することのできる人たちだった。むしろ、その前提を暗黙のうちに共有できたことが深い信頼に繋がって、結果として今にいたるまで、心から気を許せるかけがえのない存在になった。

とはいえ、5年10年と付き合いが続いていけば、恋愛関係や夫婦関係と同じように、友達同士の関係性だって大なり小なり変化していくもの。大好きな彼女たちとの関係がちょっとだけ変化したのは、私が仕事を始めた直後のことだった。いつもと同じように会って、話しても、どこか私の気持ちが後ろめたいのだ。

当時、仕事を終えて家に帰ると、子供たちは決まってリビングのソファに横になってテレビを見ていた。家の中では肩の力を抜いてぼーっとしていたって、何も悪いことはないし、子供だからって四六時中、目をキラキラ輝かせていなきゃいけないなんてこともない。けれども、家のだだっ広いリビングで、私が帰るまで何時間もこんな調子で待っていたのかと思うと、仕事での疲れもあいまって、たまに無性に泣きたくなった。私が仕事なんかせず、専業主婦のままだったら、こんな風に子供たちに空白の時間を作ることもなかったのかもしれない、そんな罪悪感に押しつぶされそうになった。

けれども親が罪悪感を表に出せば、子供は自ずと被害者になってしまう。ともすれば、「大切にしてもらえなかった」「一番に考えてもらえなかった」。そんな被害者意識は心の奥に深く根を張り、大人になったって心の底に残り続けるかもしれない。私は子供たちの生活のために必要だから働いているのだし、働く姿を子供に見せるのは何も悪いことじゃないのだと、働くことの意義を強く認識し、まず、他でもない自分自身を説き伏せなければならなかった。

一方、一時期は毎日のように顔を合わせ、家族のような存在だったママ友たちの多くはかつての私と同じ専業主婦だった。自分は自分、他人は他人と、当然のように切り分けて考えることができればいいのだけれど、実際のところ、そううまくはいかなかった。新しい環境の下では、自分自身が一番ぐらついているから、自分の選択にちょっとでも疑問を持ったら心が折れそうな気がした。そうならないように、必死で立っていなきゃいけなかったのだ。それで、仕事を始めたばかりの頃は、彼女たちとどんどん心が離れていくように感じられもした。彼女たちに変わらぬ敬意を抱きながら、兼業主婦となった自分を受け入れることが難しかったのだ。

それから気付けば2年、3年と経ち、働くことがようやく私の中で水を飲むように当たり前の行為となった今、改めて思う。やっぱりママ友って最高だなぁと。

仕事で疲れてへとへとになった日、家までの帰路で訳もなく声を聞きたくなるのは彼女たちだ。何しろ、底抜けに明るいから。泣きたいほど深刻な事態も、ハハハ、と豪快に笑い飛ばしてくれる。そうかと思えば、明日のお弁当にハンバーグを入れるのかミートボールにするのかといった、結局はどちらでもいいようなことだって、一緒になって真剣に考えてくれる。力仕事だって、タフな交渉だっていざとなったらやる時はやる。妻であり、母である彼女たちの包容力は尋常じゃない。ママ友たちと話していると、大きな海を自由に気持ちよく泳いでいるような気持ちになるし、同時に私もまた、彼女たちのためなら、どこまでも続く広い海を、いつだって用意したいと思う。

世の旦那さんたちは、結婚して時が経つにつれ、最初はしおらしかった妻がだんだんとタフになる現象について「おばさん化」などと嘆きがちだけれど、ちょっとやそっとじゃ動じない、安定感のある存在が家の中にいてくれるって素晴らしいということを、もっと自覚するべきだと思う。

たとえばふと非日常に惹かれて、どこか影のある場末のスナックのバツイチママに淡い恋心を抱いたとしても、おイタは妄想の中だけにとどめておいてほしい。ヒーローのように彼女の闇を引き受けたい使命感に駆られても、後ろ髪を引かれつつ家に帰って、そこで相も変わらず繰り広げられるロマンスのかけらもないギャグ漫画みたいな日常を、ありがたく享受するべきである。

主婦というのは、放っておけば深刻な不幸に育ちかねない邪悪な芽を、しおらしさを失った代わりに身に付けた強さ、豪快さで次々と摘み取ってくれる。湿気をカラッと乾かしてくれる夏の太陽のような存在である。そんな彼女たちは家の宝。

私はやっぱり彼女たちが大好きなのだ。

セックスと宇宙とスペースシャトル

コミュニティにおける最年少キャラの役割とは往々にして「鉄砲玉」である。たいていのママ友コミュニティのなかで最も若かった私は、その場にいるママ友たちが話したくてうずうずしていること、大人としての恥じらいで自分からは切り出せないことを、若さゆえの図太さとして、颯爽と切り出すことができる存在として重宝されてきた。と言うと大仰に聞こえるが、実際に言うことはほとんど決まっている。

「……で、おたくは月、何回くらい（営みを）？」

そう、気になるけどなかなか聞けないこと、それがよその夫婦のセックス事情である。私が個人的に調べたところによると、長年連れ添ってもコンスタントにセックスしている夫婦というのは、そうでない夫婦に比べてなんだかんだで円満な夫婦仲を維持している。だからこそ、夫婦はセックスするべきだよ、と私はお節介ながら様々な場で（わが身を差し置いて）提言してきたのだが、ある時それを受けて友人男性がこんなことを言った。

「セックスは大事なコミュニケーションです。だから週1回○曜日に必ずやりましょうなんて学級活動よろしく面と向かって話し合いを持たれたら、男はますます萎える」

参考までに他の男性数名にも意見を求めたところ、まあ確かにそうだと、皆一様ににじわりと頷く。

一言でセックスレスと言ってみたところで夫婦の数だけ異なる事情があるわけで。何が原因、何が解決策と一つの答えを提示するのはかなり強引なことである。だからこういったケースでは「まずは話し合いをしましょう」と双方の意向を確認することが推奨されるわけだが、セックスレスという状況のなかでも特に、夫が妻とのセックスに対して以前ほど意欲的でなくなってしまっている場合、男性は妻とセックスについて真剣に話し合いをすればするほど「萎える」と言う。これは難しい問題だ。

そもそもセックスという行為、女性にとっては体の構造的に「受け入れる」ものである。身体的な事情によっては「超その気」にならなければ受け入れが難しいケースもあるかもしれないけれど、結婚して長く経っていて、かつ新婚当時はそこそこの頻度でセックスを行っていたような場合、おそらく、「超その気」とまではいかなくても、「そこそこの気」レベルで受け入れ態勢自体は整うのではないかと思う。ここでは仮に、女性側の受け入れ態勢が整った状況を「宇宙」とする。

一方で、男性がセックスに挑むには、衝動を強く駆り立て、それによって体の一部をも強く駆り立てる必要がある。その上で果敢にも宇宙へ突っ込む。男性にとってセックスは「突っ込む」行為である。これはすなわち未知なる世界の真実を求めて、遙かなる宇宙空間へ勢いよく飛び立つ行為。もはや言うまでもないと思うが男性は探索船、「スペースシャトル」と言うことができるのではないだろうか。

夫と妻が出会った当初から新婚時代にかけては、この宇宙飛行におけるエネルギーは探究心、好奇心、そして未知の領域を開拓したいと願う飽くなきパイオニアスピリットなどで構成されていたはずだ。二度、三度訪れてもなお新しい顔を見せてくれる広大な宇宙。ようやく知り尽くしたと思った瞬間に実はさらに先まで続いていることをちらつかせてくる、にくらしい宇宙。この場所についてもっと知りたい……！　虜になったスペースシャトルは危険を顧みず何度となく宇宙空間に旅立つ。

しかしいくら宇宙が無限に広くとも、スペースシャトルが辿り着ける範囲なんて悲しいかな限られている。最初はあんなに驚きと感動に満ち溢れていた宇宙も、だんだんと見知った土地になり、気が付けば月にばかりもう100回も行ってる、みたいなことになってくる。ああここにクレーターあったよな、ほらやっぱりあった、はぁ。発射の際のエネルギーとなるパイオニアスピリットを発揮する余地が無くなってくるので、自ずとスペースシャトルが飛び立てなくなってくる。

しかし宇宙の気持ちを考えてみてほしい。途方もない静寂、漆黒の闇を内包し、宇宙は待っている。尋常でない孤独から自分を救うべくスペースシャトルが再び「やあ」とやって来てくれることを。だが悲しいことに、時が経てば経つほどにスペースシャトルの足は遠のく。そこで業を煮やした宇宙はとうとうスペースシャトルに訴える。

「どうして最近来てくれないの？　待ってるのに」

スペースシャトルが「ごめんね、最近行ってなかったね、これからはまた頻繁に行くようにするよ」なんて対話に応じれば、宇宙は久々に自分の存在を思い出してもらえたように感じて一瞬は救われる。

だが、まさにこの時スペースシャトルは、長らく見て見ぬふりをしていた宇宙と否が応にも対峙させられてしまうのだ。散々孤独に苛まれ、鬼気迫る悲壮感で訴えかけてくる宇宙。美しく魅力的だった漆黒の闇には今や妙な凄みだけが増していて、スペースシャトルは優しい言葉と裏腹に内心怯んでしまう。

「夫婦でセックスについての話し合いなんかすると余計萎える」という夫側の心理とは、おそらくこういうものだろう。

男性の友人、知人らは「いや夫婦でセックスした方がいいのはわかってるから、むしろその具体的な方法を共有してほしい」と訴えてきた。

つまるところ男性たちは、すでにかなり深く見知った土地へ、再びスペースシャトルを発射させるための新たなる燃料を求めている。あるいは、すでにかなり深く見知ったと思っていた土地に、再びパイオニアスピリットを喚起させる新たな余地を求めているのである。

なんだかんだ宇宙に辿り着いたら「ただいまー」という安らぎは得られるだろう。しかしそれだけでは、悲しいかなスペースシャトルを勢いよく発射するに足るエネルギーにはなり得ないというのだ。

そんななか、一旦既知のものとなってしまった宇宙が再びスペースシャトルを受け入れるようになった特殊な例として、一つ面白い話を聞いた。

長らくセックスレスだったという知人夫婦。耐えかねた奥さんの方が、ある時、浮気をしてしまう。しかも相手は旦那さんの知人。彼女は久々に求められることが嬉しくて、1回2回と関係が続き、隠していたつもりでも、毎日の生活の中で自然と顔や雰囲気にただならぬ気配を漂わせてしまった。そして、やはり浮気がばれた。家庭内は一時、修羅場と化したが、じゃあ別れましょうという奥さんとは対照的に、旦那さんの方が離婚を断固拒否。結局、旦那さんの強い主張に押し切られる形でふたりは和解。さらには何とこれを機に、再びセックスするようになったというのである。

誰も攻め込んでこないだろうと思っていた自分の領域を外部勢力に侵されそうになって、旦那さんが慌てて見張りを強化したと捉えることもできるし、奥さんの方が、旦那さんに未開拓のスペースを提示し、パイオニアスピリットを呼び覚ますことに成功したと捉えることもできる。雨降って地固まるケースも実際あるのだなあと思わされるが、言うまでもなく浮気はハイリスクだし諸刃の剣なので、ご利用は計画的に、慎重に、かつくれぐれも自己責任でお願いします。

とはいえ、浮気まではいかずとも、やはりマンネリ化によってセックスが生じない状況を改善するには少なからず「事件」の存在が効果的なのだろう。知らない場所に夫婦で旅行してみるとか、それまでなら絶対着なかったような服を着てみるとか。慣れない行為や環境に身を投じてみるというのは、夫婦間で失われたセックスを取り戻すという目的だけに留まらず、何より自分自身をも豊かにしてくれる。パートナーも、自分も、自分のことをすっかり知った気になっているのならなおのこと、思いきって予定調和から脱却してみるというのも、悪くないんじゃないかと思う。

地獄の門をくぐる夫たち

「この門をくぐる者は一切の希望を捨てよ」

ダンテの『神曲』のなかで地獄の門番は、訪れた者にこんな風に語りかける。

「明子さんは子供を産んで変わったよ」と長男を産んだ数年後、夫は言った。私には全くそんな自覚はなく、むしろ変わってしまったのはあなたの方じゃないの?というくらいの気持ちで、ろくに取り合わなかった。だけど最近改めて身の周りの既婚男性たちの話を聞くにつけ、やはり妊娠、出産を契機に、多くの妻たちは犬や猫のそれと同じように、気を荒立て、ふとしたことで噛み付きかねない危険な存在に変化するようだと知った。

言われてみると確かに、当時は今より頻繁に、鬼のように怒っていたと思う。教育に必要だと思ったし、大人の言葉が通じない子供相手のストレスもあった。こんなに大変な思いをしていることを少しでもわかってほしいという、元夫に向けたメッセージでもあった。でも、そんな風に冷静に自分を見つめてもいたから、自分の怒りは制御可能なものであって、必ずしも妊娠や出産に伴う本能的な何かが作用しているとは思わなかった。だけど今となって考えると、備わっていたはずの怒りの制御機能は今ひとつ良い働きをしなかったような気もするので、元夫の指摘は正しかったのかもしれない。

私の話はさておき、子供を産んで、母となった妻との接しかたについて、世の中の男性たちはその実、妻が想像する以上に深刻に悩んでいるらしい。何しろ最近、友人の既婚男性らが口を揃えて言うのだ。

「家に帰るのが怖い」と。

同僚や友人らと飲んで深夜に帰宅する。極力音を立てないように、静かに玄関を開け、リビングの灯りが消えていればほっと胸をなでおろす。しかし灯りが漏れているのを目にした途端、さっと血の気が引き、絶望するという。

「なんだ、起きてたんだ」

無言で洗濯物を畳む妻の背中にえもいわれぬ恐怖を感じながら、努めてそれを露呈することのないよう、動揺を押し殺して冷静に声をかける。

最初に聞いた時は何かの冗談かと思ったけれど、なかには、妻が起きてる時間には基本的に家に帰らないと決めている、などと言うツワモノもいたりして事態は深刻だ。妻というくすぶる火種に不用意に燃料を投下し、あっという間に全焼、なんてことのないように、彼らの常日頃の配慮も徹底している。

不倫、浮気、セックスレス。妻が「これって問題視すべきことだったの？」なんて気が付かないように、夫婦の問題に言及した雑誌や書籍は決して家の中に入れない。夫婦関係のありかたを題材としたドラマや映画は絶対に家庭では見ない。一見ごくごく一般的な、円満な家庭を維持しているように見える友人たち。団塊の世代の夫たちが挨拶代わりに口にする「カミさん怖くてさあ」どころの話じゃない。昨今、家に帰ろうとすると心身に不調をきたす「帰宅拒否症」という症状を訴える男性も増加しているという。

好きで結婚したはずの妻。可愛くて仕方ない存在だったはずの妻が、時間の経過と共に、ただ深夜にリビングで洗濯物を畳んでいるだけで、こうも彼らを震え上がらせる恐ろしい存在と化してしまう。悲しいことに、彼らの形容する妻の様子はさながら「地獄の門番」のようだ。

そういえば私も、かつては夫の帰りを待ついじらしい妻だった。毎日ひどく酩酊して、深夜、もしくは明け方に帰って来ていた夫。日が暮れて、子供たちを寝かしつけると、そこから彼が帰宅するまでの時間は異常に長く感じられた。家庭の中で子供たちと過ごす時間はかけがえのないもの。そんなこと頭でわかってはいても、かつて二人で作りあげた家庭という小さな世界を飛び出して、外にある私の知らない楽しい場所で長い時間を過ごす。そんな夫の行為は、家庭に留まる者にはある種の裏切りのようにも感じられ、私と子供だけが、閉ざされた家の中で、ぽつんと置いてけぼりをくらっている気分だった。

「何時に帰ってくるの？　もう12時だよ」

リビングでひとり、返信の見込みの無いメールを送り続けていたあの頃。やっぱり私、殺気立つ地獄の門番だったかもしれない。帰って来てほしいという切実な願いの根底にあるものは、今思えば愛でも、執着でもなかった。ババ抜きのババを私に巧みに引かせてさっと逃げたゲームの相手に、何とかもう一度手元のババを押し付けたい。醜い悪あがきのようなものだったのだ。

世の夫の皆さん、思い出してほしい。今どんなに怖い妻だって、最初はあなたと同じ浮世にいた人間であって、女だったことを。ただある時、女は母となり、生まれてきた子供のためにも、この小さな世界をより強固に守らねばと思うようになる。一方、外で働く夫には、家の中にいる妻は知らないもうひとつの世界が絶えず見えているわけで、やっぱり隣の芝生は青くて、ついふらふらっと引き寄せられる。

責任を持って維持しなければならない家庭とは対照的に、手放しで楽しむことが許された、大人だけの自由な世界。思う存分堪能して、あー楽しかった！と家に帰れば「一切の希望を捨てよ」と怖い顔の妻から問答無用でジョーカーを押し付けられるんだから、そりゃ夫の皆さんが怖くて帰りたくないという気持ちもわかる。

だけど、全員とは言わないまでも、家に帰るのが怖いという既婚男性の多くは、浮気や風俗、キャバクラ、そうでなくても女子とのちょっとピンク色の楽しい飲み会など、何かしら妻に後ろめたい要素を抱えているのもまた事実なのであって。夫が妻に対して抱く罪悪感は、一見愛情に裏打ちされているように見えるけれども、その実、自動的に妻を惨めでかわいそうな被害者に貶める、それ自体がひどく残酷な感情だ。男の人は決して強くないから、いつまでも後ろめたさを抱え続けられない。産後の殺気立った妻を恐れるのと同じように、次第に、自ら貶めた妻との対峙をも恐れるようになる。そうこうするうちに、妻はもしかすると全部知っているのではと勘ぐる「妻、神通力《じんずうりき》持ってる疑惑」なんかも膨らみ、結局妻は、女でも人間でもない、恐怖を支配するアンタッチャブルな存在へと否が応にも押しやられていく。まったく損な役回りなのである。

たとえば妻が、極力夫を脅かさないように、帰宅が遅かろうが早かろうが顔色ひとつ変えずに迎え入れたとして、それはそれで夫の方は「自分に関心がないのか」とか、「どうせばれないし好き勝手やろう」とかいうことにならないとも言いきれない。同様に、帰宅が遅い自分に不満ひとつ言わない、完璧な妻の姿勢こそ重荷に感じるという夫だって存在するわけで、夫婦の問題にはとことん正解という正解がない。しかし、だからこそ、私はあえて提案したい。

妻たちよ、寝よう。

寝不足は美容の大敵だし、まだかまだかと夫の帰りを待つ時間はストレスフルなだけだ。深夜まで寝ずに夫の帰りを待っていたところでぞっとされるばかりで、良いことなんて何もない。だからいっそ、好きな時に好きなだけ寝よう。家庭の外で楽しそうにやっている夫は憎らしいけれど、じゃあ夫が不幸でいれば満足なのかと問われればそうではないはずだ。亭主元気で留守がいい。そして亭主は何やったって罪悪感を持たずに悪人になりきって元気に帰ってこい。

男女関係は、恋愛している間は相手の存在をより自分に引き寄せようと努力するけれど、結婚というのはある面でその最終到達地点なのであって、結婚してしまえば、二人の関係はそれ以上重なりようがない。だから、結婚してから先は、それぞれが決して他の誰かを求めないよう自己完結力を高める。これこそ夫婦を長続きさせる唯一の道だ。

その能力を高めすぎると私のように離婚することにもなりかねないが、そうなったらそうなったで、他人の帰宅時間に縛られない開放的なセカンドステージへと突入するばかりなのだから、安心していい。人生ってつくづくうまくできている。

塾をやめたい子供、離婚したい大人たち

どうしても塾に行きたくない。塾をやめたいと親に直談判するも、当然すぐに許してもらえるはずもないので渋々通い続ける。そうすると、通ってるだけでも立派でしょ？みたいな気持ちになるので全く勉強に身が入らず、その結果「塾に行ってるのになんで成績上がらないのよ」と親から叱責される。

このように、絶望のスパイラルを迎えた子供が見せる行動として、一般的に次の三つが考えられる。まず一つ目は、塾に行くフリをして行かないというよくあるパターン。行ってきます、と平然と家を出て友達の家とか、コンビニとか、ゲームセンターとか、全然違うところで塾が終わる頃まで時間を潰すのである。いずれは絶対にバレるが、それまではのびのびと楽しい時間を過ごせるので満足度も高い。

二つ目は、塾に行くには行くが、傍若無人に暴れまくるというものである。と言って

も現代っ子は昔のヤンキーのように暴力沙汰を起こしたりはしない。大声で無駄話をしてみたり、たまに歩き回ってみたりして、授業を妨害するわけである。つまらない塾の時間を多少なりとも面白く、というよく言えば建設的な気持ちが純粋に働いている可能性もあるし、こうすればいずれやめさせられるという打算が働いている可能性もなきにしもあらず。いずれにしても周りには迷惑な行為である。

で、残るもうひとつというのは、対照的に誰にも何の迷惑もかけることがない。ただ、本人が生きたまま屍になるのである。何も聞こえない、何も感じない。言われるままに塾通いを続け、成績が上がらないことについて親からお小言を言われても、はい、はいと淡々と聞き流す。

私にも経験がある。一旦嫌になった塾って、蛍光灯の明るさとか、匂いとか、壁の質感とか、どうでもいい細部まで全部嫌いになるのだ。子供って大変だね、大人は気楽なもんだよ……と、言ってあげたい気持ちは山々だけどその実、大人になっても同じことは繰り返される。無情な世の中だ。逃避・反抗・生ける屍。塾をやめられない子供とまるで同じことをやってしまうのが、結婚に嫌気がさした世の夫たち、あるいは妻たちなのである。

結婚は子供の塾のように、嫌になったのでやめたい、離婚したいと申し出たところでそう簡単にやめさせてもらえない。当たり前と言えば当たり前で、結婚がパートナーと生活を共にするための「契約」である以上、突然嫌になったからやめますと言われても、もう片方は非常に困ってしまうからである。実際、現在の日本の離婚の約90％を占める「協議離婚」では、双方が合意しなければ離婚はできないことになっている。どちらかが離婚したくても、どちらかがそれを拒否すれば、結婚を続けなくてはならないのだ。

私の知人で、かれこれ10年以上別居を続けている男性がいる。最後に家に帰ったのは6年前、それも荷物を取りに戻った程度で、当然ながら子供にももう長らく会っていないという。本人は家庭に何の未練もなさそう。なのになぜ離婚しないのかと問えば、奥さんが頑なに離婚に応じないからなのだと言う。

一緒に暮らしていれば、むっとする時、げんなりする時もあるけれど、それでもだいたいのことは我慢しながら続けていくのが結婚なんじゃないの?と別れを切り出されたた方は思う。ましてやその背景に浮気があったり、家庭に縛られずに自由になりたい、なんて動機が見えていたりすれば、あまりにも理不尽な気がしてすぐに離婚を承諾できない。

じゃあ、離婚を拒まれた者たちはどうするかというと、特に仕事が残っているわけでもないのに毎日遅くまで職場に残ったり、不倫相手の家や居酒屋、漫画喫茶に立ち寄ったりして、極力家に帰らなくなる。こうでなければ（またはこれに加えて）モラハラに走る人もいるし、場合によっては、すべてを諦めて、死人のように冷たい心で家族とただ同じ時間を過ごすだけの置物になる人もいる。塾に行きたくない子供と同じだ。

渦中にいる夫たち、そして妻たちの話を聞くにつけ、一度は愛し合って結婚したはずの二人が、どうしてそこまでひどく傷付け合えるのかと絶望的な気持ちになる。友人として接する上ではいたって良い人で、他人を悲しませるようなことなど決して言わないのに、パートナーだけは不思議とめちゃくちゃに痛め付けたっていいと思っている節すらある。

確かに、片方の意志だけで離婚がホイホイ成立してしまっては、そもそも結婚って何だという話にならざるを得ないが、一方で離婚できない状況が長く続いた結果、相手が傷付くようなことをわざと言ったりして自分に愛想を尽かすように仕向けて、もうどうなってもいいやと音を上げたら「やっと離婚が成立した」と成功を勝ち取ったかのように言う夫、あるいは妻たちの姿はどこか正常さを欠いている。

別居する直前、私の父のがんが見つかった日にも、私が体調不良で嘔吐して床に倒れこんだ日にも、「じゃ」と何事もなく家を後にしてお酒を飲んで帰って来た元夫のことを思うと、当時の彼は一日も早く私に愛想を尽かしてほしかったのだろうと思うし、世間で同じようなことがいくつも起きているのを見聞きすると、離婚したくてもままならない状況こそが、人を正気じゃなくしているようにも思えてくる。結婚を続けられないほど「あなたをパートナーとしても、家族としても許容できなくなった」という本音は、相手を深く傷付けるので本当は言いたくない。その状況から逃げるために、仕方なく最後の手段を講じているように思えてくるのだ。別に、だからって離婚したい人に同情すべきだと言っているわけじゃない。ただ率直に言って、そうなってしまったら二人の関係は、もうどうしようもない。

子供がいるから。経済的に不安があるから。あるいは自分がもう若くないから。散々な目に遭わされても離婚に踏み切れない夫や妻たちの葛藤は手に取るようにわかる。

働いている間の育児を実家に頼れるか、住む家を確保できるのか……置かれている状況は様々だから、一概にどうすべきと言えないけれど、それでも私は、現実的な生活の問題と同じように、自分の幸せを、当たり前に大切にされたいという望みを決してないがしろにすべきではないと思う。そうでなければ、どんなに生活が安定していたとしても、いつかきっと、何のために生きているんだろう、と立ち止まらざるを得ない時が来る。

「北風と太陽」という童話は、ご存じの通り北風と太陽、どちらが旅人のコートを脱がすことができるか、それぞれの持ち味で競うという物語である。北風は強く冷たい風で旅人のコートを脱がせようと必死で試みるが、旅人はコートを脱ぐどころかボタンを固く留めて、余計に脱ぐまいとする。ところが、今度は自分の番だと、太陽が持ち前の能力でポカポカと照らせば、旅人はたちまちコートを脱いでしまう。

絶対に離婚しないとパートナーの要望を突っぱね続けていれば、そこからどうあがいても、旅人のコートを無理矢理吹き飛ばそうとする北風にしかなれない。離婚しない、と強い態度を示せば示すほど相手は頑なになり、夫婦はどんどん敵同士になっていく。

だけど、本当は誰だって太陽になりたいのだ。太陽になって、喜ばれたり、愛されたりしたい。嫌われる北風になんかなりたくない。だから、太陽を演じさせてくれない相手は、こちらから見限るより他ないと私は思う。

もし現実的にすぐにそれが難しいというのであればせめて、いつか自分はここを出ていくのだと、心を、精神を自由にしよう。それだけで、少しは自分の核を守ることができる。過去にどんなに素敵な思い出がたくさんあったとしても、今、自分を大切にしなくなった相手と一緒にいるのは、自分で自分を苦しめるのと同じこと。死体のように光の無い目で横にいられたところで、結局は虚しい。だからもし相手の心が変わってしまったら、意地になるだけ時間の無駄だ。お互いの健やかな精神のためにも、結局はそこから離れることが、最も建設的な選択ではないだろうか。

私たちの時間には限りがある。少しでも長く愛され、ありがたがられ、大切にされる太陽となって生きていきたい。そんな風に、自分を大切にしたってバチは当たらないだろう。

奥様、キャバクラに潜入

ウユニ塩湖には一度行ってみたいと強く思っているのだが、それと同じくらいキャバクラにも行ってみたかった。

嘘のような本当の話で、大人になってから親しくなった年下の女友達は、皆かなりの割合で一度や二度、キャバ嬢として働いたことがあると言う。もはや女子の一般教養化しつつあるのでは、キャバクラ。何を隠そう元夫もしばらくの間どハマりしていたキャバクラ。わが家の資産の大部分を吸い込んだキャバクラ。キャバクラという名のブラックホール。一体どんなところなの？と周りの男友達に訊くと、「何回か行ったことあるけど全然楽しくないよ」「俺は別に好きじゃない」とみんながみんな言う。……そんなわけないだろう！　みんなが別に好きじゃないなら何で営業してるんだ。女性店員が男性を接客する、そういう基本的な知識はあるものの、とにかく実際のところが知りたかった。場の空気や、やり取りの中身を、一度はこの目で見てみたかった。

思いを募らせ続けて足掛け5年。思いがけず、そのチャンスが到来したのである。ある日、友人（40歳・男性）との会話のなかで、私が何気なくキャバクラへの好奇心を語ったところ、「じゃあ行ってみる?」と友人。「え、女性でも行けるんですか?」と尋ねると「全然行けるよ?」とのこと。知らなかった！　行けるのならば是が非でも行ってみたいですと懇願し、頼れる友人に早速、六本木のキャバクラへ連れて行ってもらうことになったのだ。

余談だが私はその日、子供たちのためにお寿司の出前を頼んだ。喜びながらお寿司を食べる子供たちに「ママはこれから、キャバクラに連れて行ってもらってくる。どんなところかしっかり見届けてくるね！」と力強く話した。子供たちは「わかった！　頑張ってきてね！」と私を送り出してくれた。

さて、六本木のキャバクラに出向くにあたって、我々にはひとつ、くれぐれも気を付けておかなければならないことがあった。というのも六本木とは、かつて元夫が最も羽振りよく遊んでいた時期に活動拠点としていた、いわゆる「シマ」だった場所なのである。その力がどの辺りまで及んでいるか未知数だったが、私が身内であることが明るみに出ると厄介なことになる可能性もあると踏み、私と友人はあらかじめ次のような設定でキャバクラという険しい山にアタックすることにした。

私：夫のキャバクラ通いに悩まされているOLあきこ
友人：亭主のキャバクラ通いなんか大したことないよと教えるために部下（私）をキャバクラに連れてきた上司

口裏合わせはバッチリ。私の気合いも十分。これが数年ぶりのキャバクラだという友人も、やはりどことなく活き活きしている。活き活きした様子で「いざキャバクラ！」と快調に古典ギャグを飛ばしてくる（注：「いざ鎌倉」をもじった40代以上のおじさんが主に使うギャグである）。早くもおじさん文化に触れたところで、いざキャバクラ！

手始めに我々は、友人が数年前に通っていたSという店を目指した。しかし現場へ行ってみると、残念なことにそこは閉店していた。そこで同じビルの別フロアの店に入ることになった（六本木には一棟全部キャバクラ、というビルが存在しているのだ）。

ところが、小心者の私はエレベーターに乗り込む時点で不安に襲われた。「ほ、ほんとに大丈夫ですかね」と先行する友人に尋ねるも、豪快な彼は「大丈夫、大丈夫」と言いながら通路の奥へ奥へと躊躇なく進んで行く。なるほど、これが男たちを吸い込むキャバクラという名のブラックホールか。私は緊張の中にも学びを得たのであった。

エレベーターを出て、うす暗い通路を抜けるとそこはキャバクラだった。

心配をよそに、拍子抜けするくらい何の問題もなく、女性の私も入店できた。……が、すぐにぎょっとする光景に直面する。入ってすぐの場所に、着飾った女性たちがずらっと20人くらい密集して座っているのだ。誰も会話すらしてないし、鏡を見て化粧をチェックしている人もいる。後々聞いたところによれば彼女たちは待機中とのことだった。この日は雨が降っていたため客入りが悪く、普段より多くのキャバ嬢が待機していたそうだ。

席に辿り着くまでには彼女たちのすぐ側を通り過ぎなければならず、その間私はもう痛烈に針のむしろだった。着席している大勢のキャバ嬢、その脇を闊歩する私。ここはファッションショーのランウェイ……？　いいえ、ここはキャバクラ。女性らしさが売り買いされるマーケット。お客といえども女である私は、ああ今この瞬間、確実にキャバ嬢に値踏みされているなという実感があった。もちろん彼女たちもプロなので、さすがにじろじろと見てくることはなかった。しかし女性とは、一瞥しただけで女を値踏みできる怖い生き物なのだ。

キャバクラを見届けてくる、と子供に誓って家を出てきた私は強い気持ちで試練のランウェイを通過。黒服に案内され、テーブルに着いた。この時点で早くも息切れである。

友人と二人、4人席に向き合う形で着席する。客が少なかったことや、赤いソファが配置された内装から、何かちょっとルノアールにいるような気分に。すると注文もしていないのに勝手に氷、グラス、ミネラルウォーター、ウイスキーのボトルが運ばれてくる。えっ、と驚いて友人を見ると、友人は全く驚いていないので、キャバクラというのはどうもこういうシステムらしいと察した。

ほどなくして、ついにその時が来た。

私たちのテーブルにキャバ嬢がやって来たのだ。キャバ嬢が、やってキターーー！のだ。

集団だと圧倒されるばかりだが単体だとやはり、何というか、可憐。華やか。美しく飾られた、商品。ルノアールが一瞬にしてきらびやかなキャバクラに変貌した。私と友人の隣に一人ずつ、着飾った奇麗な女の子が座った。本当に隣に座るのか！　本当に女の子ポーチ持ってるのか！　絵に描いたようなキャバクラ、その中に自分がいるという可笑しさに、涼しい顔をしようにも、ついつい笑いがこみ上げてくる。

友人が言うには、ここはキャバクラのなかで中ランクの価格帯の店らしい。にもかかわらずやって来たキャバ嬢は揃ってものすごく可愛かった。特に私の隣に座った女の子はももクロのしおりん似で超小顔、超色白、おまけに手足は『ストリートファイターII』のダルシムのように長かった。

「こんばんは」

キャバクラでも、会話のスタートは一般的な挨拶から。

「こ、こんばんは……」

緊張のあまり小声になる私に代わり、ここでは上司という設定の友人が状況を説明してくれた。

「いやね、彼女は会社の部下なんだけど、旦那がキャバクラ大好きで悩んでるらしくて。どういうところか知りたいっていうから連れて来たんだよ」

そこで、今だとばかりに上司に続いた。

「さすが部長、説明がお上手ですね。そうそう、そうなんですよ。キャバクラがどんなところか知りたかったんです。女が来てもいいものか迷ったんですが……」

するとにいたしおりん似のキャバ嬢がにこやかに答える。

「女性も結構いらっしゃるんですよ。今日ももうお一方……ほら、あそこのテーブルに」

そう、この日は私以外にも女性客がいたのだった。しかしキャバ嬢がテーブルに着くとひと目ではどれがお客でどれがキャバ嬢かわからない。実際キャバ嬢たちもわからなくなるらしい。これを聞いて、自分がそんなに目立っていないことに少し安心した。

私たちは、注文してないのに出てきたウィスキーの水割りで乾杯した。

「旦那さん、キャバクラ好きなんですか？」

「ええ、そうなんですよ。本当に大好きで困っちゃってて」

「えーそれは嫌ですよねえ。私もこんな仕事してますすけど、正直キャバクラに行かない人と結婚したいです（笑）」

他愛ないやり取りを交わしながら考えていた。

私は自分で言うのも何だがかなりコミュニケーション能力が高く、色々と足りない能力をそれで補ってきたようなところもある。だから会食や、お酒の席では割と主体的に場の空気を読み、話すにしても聞くにしても、会話の主導権を握ることが多い。そんな私は今日、果たしてその能力をここキャバクラで一体どの程度発揮するべきなのだろうか、と。

おそらくキャバクラというのは、お客がそんな算段をしないで、好き勝手に話して気持ちよくなることが受け入れられる場所なのだろう。キャバ嬢という存在もそれに最適化されているはずだし、ましてやここでは上司という設定の友人がいるので、私が場の空気を読み始めたらキャバ嬢もいい気がしないはず。でもキャバ嬢の気持ちを考える時点で私が空気を読もうとしているので、これではせっかくのキャバクラの醍醐味を味わうことにならないのではなかろうか。一方で私には友人とキャバ嬢とのやり取りを盗み見ることで男と女のキャバクラの真実を突き止めたいという願望もある。限られた時間の中でこれらの目的を達成するために私が取るべきアプローチとは……。

あれこれ考えを巡らせていたところに、友人から早くもすごい発言が飛び出した。

「よし、もうなんでも好きなもの飲んでいいよ！」

キャバ嬢たちが「わぁい♡」と喜ぶ。しばらくすると我々のテーブルにボトルのシャンパンが運ばれてきた。

すごい、完璧なキャバクラ感。

話には聞いていたけどこんな風にシャンパンがオーダーされて出てくるのか。その時私は思った。そうか、ここにはここでしか成立しない、私の知らないコミュニケーションの形があるのだ、と。色々先回りしようとしてもしょうがない、ここは流れに身を任せるより他ない。

「ちなみに……シャンパンっていくらなんですか？」

しおりん似のキャバ嬢に尋ねると、「メニュー見てみますか？」と言ってすぐにメニューを差し出してくれた。そもそもキャバクラにお酒のメニューがあると知らなかったのでこれは驚きだった。キャバクラのお酒というのはさながら高級寿司屋の寿司のように、メニューが無いなかで値段を予想しながら頼むものとばかり思っていたのだ。案外、親切設計か。

しかしパラパラとメニューをめくってみると驚愕。ヴーヴ・クリコ30000円、クリュグ200000円……とにかく0が多い！

「高っ！」

思わず漏らすと友人が
「あきこちゃんの旦那さんは一晩で２０００万使うって噂で聞いたけど」

と爆弾を落としたので途端にキャバ嬢たちがざわっとした。

「旦那さんの行きつけはどこですか⁉」

「そのお金、家に入れてよって思わないんですか⁉」

「なんで愛想尽かさないんですか⁉」

「いやいや、ひと月でですよ」とは返したものの、その後の会話に窮していると、友人の隣に座っていたキャバ嬢（23歳）が、すべてを引き取って、もうわかった、皆まで言うなと言わんばかりの、頼もしい口調で言った。

「……お客さん、おいくつですか。33歳？　まだまだお若いじゃないですか。これからですよ、これから。ここで働いてる女の子にも、お客さんと同世代の人もたくさんいますよ。応援してます」

しゃべりながら段々と勝手にエキサイトしていく彼女、何があったか知らないが最後のほうは半ばキレ気味でもあった。あ、ありがとうと、彼女の気迫に押されつつ感謝の気持ちを伝えた。しかし不思議とその頃から、キャバ嬢たちとの心の距離がぐっと縮まってきたようにも感じられた。隣に座るしおりんも、良い奥さんですね、せっかくなのでキャバクラのこと何でも聞いてください！なんて、より一層優しい。この子たちとなら、もっと深い話ができそう……！

楽しい予感に、胸が高鳴り始めた、ちょうどそんな時だった。キレ気味に激励してくれた向かいの席のキャバ嬢が突如立ち上がると、

「今日はとっても楽しかったです！　では、失礼します♡」

と、にっこり優しい微笑みだけを残して、すたすたと店の奥に消えていった。

えっ、せっかく仲良くなったと思ったのに、どうして急に……!?

ほどなくして、彼女のいた席に今度は別の女の子（懐かしのグラビアアイドル、リア・ディゾン似）が、こんばんはーと言いながらやって来た。

出会いと別れ、そして再びの出会い。これもキャバクラのシステムらしい。女の子を指名しなければ、こんな風に色んな女の子が代わる代わるお客につく。お客はこの入れ替わり立ち代わりの中から好みの子を見つけて、指名するんだそう。

正直、何て良くできたシステムだろうと感心した。ちょっとわかり合えてきたぞ、と

いう時に女の子に立ち去られ、残された客の味わうポツン感たるや……。それがシステムだとわかっていても、置き去りにされるという状態は何となく寂しいし心細い。完全にこちら劣勢である。席を去る女の子の、ヒールと同じくらいプライドの高そうな背中が言葉無く語りかける「もっと私とおしゃべりしたいならお金払ってね」感は、さっきまでの親近感とは完全に別物だ。売り手と買い手、選ぶ人、選ばれる人。キャバクラにおけるこの関係性の優劣は一見シンプルなようでいて、その実、場面に応じてころころと入れ替わる。そうやって、お客がより多くのお金を落としやすい状況が作られていくようだ。巧妙である。

そうこうするうちに私の隣にいたしおりんも優しい微笑みを残して同じように去り、代わりに熊本出身の22歳のお姉さんが席に着いた。2ヶ月前に上京してきたばかりという彼女は、派手な目鼻立ちとは対照的に、ものすごく訛っていた。

「え？　お客さんのご実家も九州なんですかあ。実家に帰ってますか？　わたしはまだ出てきたばっかりなんですけど、次いつ帰ろうかなあって、暇さえあれば考えてます」

ニコニコしながら熊本弁を繰り出す彼女と話していると、六本木のキャバクラにいるはずがいつの間にか阿蘇山の雄大なカルデラに抱かれ、マイナスイオンをたっぷり浴びているような清々しい気持ちになってくる。私を連れて行ってくれた友人も「あの子よかったねー」と彼女をいたく気に入っていたので、結局のところこういうあか抜けなさ、素朴さが、男女問わず人の心のバリアを無効化するんだろう。

「わたし、女性のお客さんにつくの初めてなんですよぉ」

マイナスイオンが囁きかける。

「女性客がひとりで来ることってないんですか？」

「う〜ん。さすがにそういうお客さんは見たことないですねえ」

「細木数子みたいな女帝っぽい人はキャバクラ遊びもするのかなって思ってたんだけど」

「ん？　誰ですか？」

「え、細木数子」

「んー……うふふ♡」

22歳の彼女には細木数子が通じなかった。そりゃそうか、最近見ないもんな。

しかし「あ、ジェネレーションギャップ！　この話は通じないようだ！」とこちらが気付いた瞬間、うふふ♡とやわらかな微笑みで半ば強引に話題を受け止めるテクニック……そうだ、訛っていたって彼女もプロなのだ。

笑顔にごまかされながら、ああそういえば私ももう33歳か、とぼんやりこれまでの歩みに思いを馳せた。サラリーマン社会の悲哀を背負ったおじさんたちにほんの一歩だけ近付いた気がした。

こんな調子でもう何人か、女の子が私たちのテーブルにやって来て、大して中身の無いおしゃべりを交わしては、楽しかったです♡とにっこり微笑んで去っていった。たまに私とキャバ嬢の会話が盛り上がる様子を見せると、向かいの席の友人が「お、女子会はじまった?」などと茶々を入れてくる。確かに一見女子会ではあるけれども、実際のところキャバ嬢との会話は女同士の普段の会話とは全然違う。何しろ彼女たちは際限なく優しいのだ。

美人キャラ、可愛いキャラ、訛りキャラ、そして半ギレキャラ。商品として様々な個性を演出しつつ、彼女たちは人としてよほど非道なことをしない限り、それちょっとどうなの、なんて言いそうにない。もちろん人間なので黙って聞いていられない時もあるだろうし、つい本音が出ることもあるだろう。けれども基本姿勢ではそんな自分の人間としてのものさしには蓋をして、お客のすべてを優しく受容する。たとえ細木数子がわからなくても、そんなわけわからん名前出すなよと心の中で思ったとしても、決して口には出さない。絶対にあなたを否定しませんよ、怖い思いはさせませんよ、怒ったりしませんよと、限りなく母性に近い女性らしさで、お客をふんわり包み込むのだ。

首や肩、手足、すべすべの肌を多く露出した可愛い女の子たち（しかもいい匂い）が代わる代わるやって来ては、底なしの優しさを体現して男性を全肯定してくれる場所、それが私の見たキャバクラだった。

世の多くの男性が言う「優しくされたい」の「優しさ」が、これほど底無しで、これほど骨抜きの、半端ない甘やかし状態を指しているということを知っているのは、おそらくキャバ嬢とその経験者だけだろう。もちろん、そんな見え透いた優しさなんて気持ち悪いから自分は受け入れられないとか、だからキャバクラは嫌いなんだと考える男性も少なからずいると思う。そういう人は当然、自分はこれに当てはまらないと思って他人事として読み進めていただければと思うのだが、キャバクラという空間を享受できる男性は、一般の女性が思っているより遥かにズブズブの優しさを享受できるし、そもそもそれを少なからず求めているのだ。

正直、それに気付いた時にはちょっと引いた。成人男性、ひとたび鎧を脱げばここまで甘ったれなのかと……。だけど冷静に考えてみると、女性のお姫様願望だって同じようなものだ。たまたま悲しいことがあって人知れず泣いている時、好きな男の人にはそれを誰に聞いたわけでもなく空気で察して、昼だろうが夜だろうが仕事中だろうが親の死に目だろうが持ち場を抜け出し、王子様のように颯爽と現れて慰めてほしい。お姫様願望とはそういうもので、男性側の都合なんて一切関係ない。だからこそ非現実的で、たいていフィクションの中でしか成立しない。そんなこと、はなからわかっていながら、それでも心のどこかでその願望を捨てきれないのと同じように、男性もまたどんなに年を取っても、どんな役職に就いていても、女性に沈み込むように甘えたい赤ちゃん願望を、心のどこかで捨てきれない。そんな夢をお金の力で一時的に実現できる場所こそが、キャバクラなのだ。

後日改めて考えた。

あんな風に自分を全肯定される快楽というのはある種、麻薬のようなものだろうから、どっぷりハマってしまって実社会に戻れなくなることだって十分あり得るんだろうと。やっぱりキャバクラって、とても恐ろしい場所なのではないか。この考えを友人に話したところ、思いがけない答えが返ってきた。

「だいたいの男は三回か四回も通うとね、欲を出しちゃうもんなんだよ」

「どういうことです？」

「自分のことを全肯定してくれるキャバ嬢に段々本気で入れ込んでくると、その子と付き合いたい、セックスしたいという次の欲が出てくる。そこで初めて否定されて、そううまくいかんなという現実に、多くの男は気付くのだよ」

……なるほど。

たいていの男性は聖母に受け入れられたと思うとその先に性を望み、そこで遅かれ早かれ、すべてがフィクションであったという現実に直面するらしい。

ちなみに今回、友人と私がキャバクラのテーブルで、若く美しい女の子に叱咤激励され、30代にしかわからないネタをにこやかに許され、つるつるすべすべの肌を美味しいシャンパンと共に拝んだおよそ2時間の夢のお代は、約7万円とのこと。

良い夢を見るにも安くないお金がかかるのだ。

男性が普段見せない願望、欲望、本音がちりばめられたキャバクラへの潜入。結局キャバクラが良しなのか悪しなのかについては各々のご判断にお任せするとして、いずれにせよなかなか気付きの多い貴重な体験だった。世の男性の皆さんも機会があればぜひ一度、恋人、あるいは奥さん、あるいはお母さんらと、連れ立ってキャバクラにお出かけになるのもよろしいのではないでしょうか。フィクションの中でしかさらけ出すことのない正直な自分を、現実世界に生きている身内の前であらわにしたその先にこそ、ドクドクと血の通った新しい物語が待っている……かもしれないし、どん引きされて終わるかもしれない。それは誰にもわからない。

言うは易し、贈るも安し

「子供が生まれてから、奥さんが全然かまってくれないんだよ」という既婚男性の嘆きを聞く度に、はいはいノロケノロケと、とにかく雑に受け流してきた。だって、産後間もない奥さんが自分にかまってくれない、なんて「地球は丸い」と同じくらい当然中の当然であって、ノロケとか冗談以外で、つまり本気で、男性がそんなことで気を揉んでいるとは到底思えなかったのだ。百歩譲って本気だったとしても、それはそれで、ちっちゃい男だなあと思っていた。生まれたばかりで、親の力なくしては生きていくことができない儚い赤ん坊をまめにケアする妻。そんな、これ以上ない正しい妻の姿に、惚れ直すどころか、不満を抱くなんて。もうちょっと大人になろうよ、と。

ところが、こういった話を別の既婚男性に持ちかけてみると「うん、でもまあわかるよ」と、驚くことに決まって賛同の返事が戻ってくるのである。起業家も、サラリーマンも、クリエイターも、年齢や立場など関係なく、まあわかるよ、と言いづらそうに言う。私の友達の男性諸君は揃いも揃ってちっちゃい男なのだろうか？　いや、そうじゃない。これこそ、普段多くの男性が体裁を気にして、厳重な扉の奥に隠している率直な本心だったのだ。

レディ・ファーストみたいな古い慣習にも表れているように、男性は女性を大切にする人、女性は男性に大切にされる人、という暗黙の了解が世の中にはあるように思う。だからこそ男性も、少なくとも表向きには「赤ん坊より俺のこと大事にしてよ」と思ってもなかなか口に出さないし、口に出したら私のようなうるさい女に、小さい男だな！で門前払いされてきた。ところが実際には、生身の男性は女性が望むのと同じか、もしかしたらそれ以上に、自分にこそ、愛と優しさをなみなみと注いでほしい、自分を大切にしてほしい、と思っている。自分が価値のある人間だと確認するため、女性から「すごいね」と褒められたり、「大丈夫？」と心配されたりしたいのだ。

昭和の夫婦観だと思う人もいるかもしれないけれど、自分の結婚を振り返ってみて、ここが一番反省しているところでもあるので、他人事と思わずぜひ聞いてほしい。

驚かす方と驚く方、心配する方と心配をかける方、愛する方と、愛される方。役割を平等に担うのが望ましいには違いない。けれども現実はなかなかうまくいかず、夫婦間の力関係は、一緒に暮らしているうちにだんだん固定化されていく。大切にされる方が得な気がするし、自分の優位を保ちたいから、女性は男性の弱さや甘えを認めたくない。仕事で疲れてるんだから休みの日くらいゆっくり寝かせてほしい、なんて言われても、私だって24時間、平日休日関係なく家事育児に従事してるんだからこちらを優先してくれていいんじゃないの？とつい思ってしまう。相手の弱さなんて無いものとして、私の前では強くあってほしい。

ところが、多くの男性は女性に与え続けていられるほどの余裕はない。だから、妻だって当たり前に夫の弱さを受け入れるべきだし、生まれたばかりの赤ん坊より自分を大切にしてほしいという、どん引きな夫の本音に真摯に向き合わなきゃいけない。

男の人の頭の中というのは私たち女性が思うような理屈では成立していないんだな、と強烈に実感させられた出来事があった。それは10年近く前のバレンタインのこと。当時の私にとって、バレンタイン、クリスマスなどカップルでプレゼント交換し合うイベントは大変悩ましいものだった。何しろわが家の資金の出処は夫の稼ぎだったので、お金にものを言わせるというわけにもいかない。また、彼は欲しいものをその都度自分で買っていたのでこれと言ってリクエストも無い。

困り果てた私は、頼りにしていたとあるママ友に相談してみることにした。彼女は俳優の稲森いずみ似で、街を歩けば誰もが振り返る美貌の持ち主。当然ながら結婚までには百戦錬磨の恋愛経験を誇っていた。場数を踏んでいる彼女ならきっと、何かすごい隠し球を持っているのだろうと思ったのだ。

彼女から返ってきた答えは意外すぎるものだった。何を隠そう、彼女は旦那様に「手作りのお守り」をプレゼントするというのだ。へ？と思わず二度、三度は聞き返した。そのお守りとはどんなものなのかと尋ねると、黄色いフェルト2枚をレモンの形に切って、中に少量の綿と、何と自分の髪の毛を数本入れ縫い合わせたものだという……。何かの冗談だと思ったけれど、「男の人はみんなこういうのが嬉しいんだよぉ」と大真面目な顔で言う彼女。翌月のホワイトデーには、このお手製のレモンお守りのお返しにと、旦那様からシャネルのショルダーバッグをプレゼントされていた。

とびきりの美貌が前提としてあるがゆえにエビで鯛を釣れるのではという気もするが、それでもこのお守りの話を友人の男性たちに投げかけてみると、まあ、嫌な気はしないよね、と皆一様にまんざらでもないという顔をする。

男性とは女性の正しさを決して評価しないが、それでいて健気さを感じさせる、同性から見ればあざといとも思えるようなプレゼントにはいともたやすく騙されるようである。


今はまだ、女性がひとり、老後の心配がいらないくらい稼ぎ続けるというのはやっぱり結構しんどいことで、だからこそたくさんの女性が早く結婚して、早く不安を解消したい、早く一丁あがりたいと切望している。専業主婦なんて高望みはせず、パートナーと家計の不安を二分できる暮らしさえ手に入ればそれでいいと、現実的に考えている女子も少なくない。

一方で男性の方はというと、先の見えない世の中を生きているからこそ、必ずしも結婚することが得策じゃないと考え始めているようなのである。稼げる人であればあるほど、家族を背負い、万が一離婚でもすれば慰謝料、養育費なんかで膨大な支出が発生しかねない結婚という選択肢は、コスパが悪すぎる、と見限る人が増えてきているように思う。

そんな男女の思惑の不一致によって、現在の婚活マーケットには、圧倒的に男性の数が足りていないのだ。だからこそ婚活女子は、結婚する意志と安定収入のある数少ないプラチナボーイをめぐって、日夜熾烈な戦いを繰り広げている。今残っているだけじゃ埒があかないというので、なかには既婚者が未婚になるタイミングを虎視眈々と狙っている猛者だって存在する。

夫だって当然わかってくれるはずと、妻が精一杯赤ん坊のお世話をしている間にも、ハングリーな婚活女子が現れ、無邪気に「男の子だって甘えたいよね、寂しいよね」と妻に代わって夫を甘やかしてくれているとすれば、手伝ってくれてありがとう、お世話様です……では済まない一大事だ。

日本の男の人というのは大変恵まれているから、このような素人婚活女子に限らずとも、お金を払ってキャバクラやガールズバーに行けば、美人が自分をとことん甘やかしてくれて、優しくしてくれる。家庭に居場所が無いと嘆く弱った男性たちが、一転してキャバクラで見せる活き活きとした表情を見ると私はつくづく思う。結局男の人っていうのは、どんなに立派に見えたって、少女漫画で描かれているほど正しく、ストイックな王子様じゃない。女性がいくら赤ちゃんを大切にしようが、立派なお母さんであろうが、そんなことどうだっていい。ただ自分が大切にされているか、その実感を得ているかどうかが重要なのである。

結婚して家族を持つことが簡単ではなく、それを維持するのはもっと難しい現代社会。その現実に気が付かないとつい、女性は大切にされて当然と、自分の権利を守ることばかりに気を取られてしまう。だけど一度結婚して、家計を二人で分担する生活をスタートさせると、離婚して再びそうでない時の生活に戻るのはなかなか大変だ。だからこそ、パートナーとの結婚生活を保持するメリットは決して小さくない。

メリットがあるからというと打算的に聞こえるけれど、一度好きになった人を大切にすることで結婚を維持できるのであればこんなに幸せなことはないわけで、言っておけばいいのだ。「あなたが一番大切だよ」と。心の中でどんなに生まれたての赤ちゃんの方が大事だと思っていても、口では旦那さんに「一番大切だよ」と言えばいいのだ。そして時には不格好なお守りを作るべきなのだ。

思うに家族というのは建築と同じで、夫婦二人の関係性という土台の上に、子供とか孫とか、どんどん立派なうわものを積み上げていくことだ。一度結婚してしまえば、土台はすっかり仕上がったつもりになるけれど、やっぱりそこにも定期的なメンテナンスが必要で、そうでなければ建物はいつか倒壊してしまう。藁の家、木の家、レンガの家。家にもいろいろと種類があるけれど、自分が相手に望むのと同じように、パートナーの本音や甘えを許容する。そうすることで、オオカミの侵入を断固許さず、風が吹いてもびくともしない頑丈なレンガの家ができ上がっていくはずだ。

ベテラン夫婦の暮らす家

3年前に初めて見かけて、欲しいな、と思ったバッグが今も変わらず欲しいままである。

とある老舗のブランドの革製のトートバッグで、当時とても流行っていた。雑誌で見かけている限りでは特に何と思うこともなかった。周囲のお洒落な友人たちがちらほら持ち始めても「便利そうだな」と思う程度で、自分も同じ物が欲しいとは思わなかったのだ。

ところが、当時住んでいたマンションでときどきすれ違う、名前も知らない、言葉を交わしたこともない、40代とおぼしき女性がこのバッグのピンク色を持っているのをたまたま見かけた。化粧っ気もなく、髪は適当にお団子ヘア、服装はジーパンにTシャツにスニーカーというカジュアルな装いの彼女が、例のトートのピンクのやつを、無造作に肩から掛けていた。使い込まれた風合いが程良い味を醸していて、何だか非常にカッコよく見えた。彼女が持っているのを見かけて以来、気負わない使いかたを許容する10万円のバッグが、とても魅力的に思えてきたのだ。

そうは言っても10万円、である。

高いなあ。だけど毎日使えば元は取れるかなあ。買うとしたら何色の、どのサイズにするべきか……そんな風に思い悩んで、結局買わないまま、早3年である。流行はとうに終焉を迎え、今やそのブランドの売れ筋は違うシリーズに移っている。定番として店頭では引き続き見かけるものの、今あえて買うべき目新しさは無い。

……ところが、私は今でもあのバッグを夢見ているのだ。あのバッグを持った私は、今よりもうちょっと魅力的になる気がするし、あのバッグがある日常は、今よりもうちょっと色鮮やかになる気がするのである。

少し前に仕事のスタイルが変わり、以前よりもノートPCを持ち歩くことが増えた。この機会にいっそあのトートバッグを買うか、と考えもしたが、やっぱり何となく決め手に欠け、とりあえずふらっと入ったH&Mで、たまたま見つけた可もなく不可もない、合皮の黒のトートバッグを買った。Ａ３の書類も余裕で入る大きさで、内側には小分けになったポケットも付いている。持ち手の部分は肩に掛けられる十分な長さがあるし、頑丈にできているので、肩が壊れそうなほど重いものを入れても決して壊れない。その場しのぎとして買ったものの、蓋を開けてみれば今や、私のバッグコレクションの中で最も使用頻度の高い一品となっている。お値段まさかの１５００円である。

これほどコストパフォーマンスの高いバッグに出会ったというのに、私は相も変わらず、３年前から欲しいままのあのバッグに思いを馳せ続けているのである。手に入らないバッグは、手に入らないままでいる限り、私の毎日を彩り、より良いものに変えてくれる無限の可能性を保持し続けている。いざ買ってみたら、意外に使いにくかったり、壊れやすかったり、思わぬ粗が見えてくるかもしれない。でも、手に入らない限りそれを知ることはない。夢が終わることはないのだ。

一方で、こんなにも文句無しに活躍してくれている１５００円のバッグには何のときめきも感じない。それは、思い入れもなく、場当たり的に安価で入手したせいもあるにはあるが、おそらく本質的な理由はもうちょっと別なところにある。というのも、仮にもしこれが１万５０００円するものの、デザインも品質もそれなりに吟味して選んだ満足のいくバッグだったとしても、やっぱりきっと手に入らないバッグほどに素敵な夢を見せてはくれないだろう。

つまり、一度念願叶って自分の手元にやって来て実用的に機能しだすと、その瞬間に夢は現実のものとなり、ときめきは終わる。ときめきは消耗品なのだ。

こういった理由から「女房と畳は新しい方がいい」なんて言葉が生まれたのだろうし、明文化されていないだけで「亭主と畳は新しい方がいい」と思う女房だって同じくらいいるはずだ。


そもそも人は、ふとした瞬間に、自分を主人公とするまだ見ぬ物語の予兆を感じてときめく。

「この人と一緒にいると毎日が楽しそう」

元々は他人同士の男女が恋愛を育む契機となるものは、多くの場合この素敵な物語の予感、つまりときめきだろう。最初は、中の見えない宝箱を一つひとつ開けていくように、ワクワクしながらその人の輪郭を探る。そのうちにある程度の人となりが見えて、安心できたところで結婚する。けれども結婚した途端、実用・運用が始まってしまい、夢は否が応にも現実になってしまう。一緒に暮らすなかで、お互いの空白だった部分はどんどん現実に埋められていく。際限なく続くかのように思われたふたりの物語に、限界があるという事実を突きつけられる。

ときめきは、食べたらなくなる。なくなったら、先ほど食べたことなどすぐに忘れて、また次のときめきを食べたくなる。強欲な私たちはそうやって、パートナーがいてもアイドルやキャバクラにはまったり、浮気をしたり、叶わなかった恋をいつまでも引きずったり、手に入らないバッグに夢を見続けたりする。

せっかくとても大切なものを手に入れても、思い描いていた物語が現実のものになってしまえば、そう時間が経たないうちにまた別の何かが良く見えてしまう。長い人生、退屈しないで生きていくという目的のためにはよくできたしくみだが、食べても食べてもお腹いっぱいにならないなんて、何だかちょっと虚しい。

そんなことを考えていた時に、ある50代の男性と話をする機会があった。結婚生活30年以上というその人は、奥さんについて目を細めながら、こんな風に語った。

「うちの妻はね、旅行に行くとあちこちで木の実やら葉っぱやら拾って、ポケットの中をいっぱいにして帰ってくるんですよ」

そういえば私の両親もまた、結婚して以来40年近く共に暮らしているわけだが、たまに会うと、父は決まって「お母さんがね、こんなこと言うんよ」と、母の口ぶりをデフォルメして、面白おかしく真似てみせる。それぞれの夫たちの視線を通して表される妻たちは、どこかアニメのキャラクターのようにコミカルで、愛おしい。

似たような感じ、私にも覚えがある。

おかしな話だが、長年使い続けたものがふと頭の中で勝手に喋り出す時が、まさにこんな調子なのだ。

たとえばフライパンはこんな風に喋る。

「熱いです、熱いです、そんなに空焚きしないでください！」

使い込んだバスタオルは、洗濯乾燥機の中から取り出される時にこんなことを言う。

「今度の柔軟剤、結構イイですよ」

このフライパンで毎日たくさん料理しよう、このタオルでバスタイムを華やかにしよう。買った時に抱いたであろうときめきは、今やすっかり失ってしまったけれども、共に生活する一員となった彼らには今、ときめきに代わる愛着があるのだ。

思うに、ときめきとは扉、愛着とは、その扉をくぐって立ち入った家の「壁の染み」みたいなものだ。最初はその存在すら認識していないから、欲しいと願って手を伸ばしたりもしない。ただ生活するなかで、ゆっくり、じわじわと大きくなっていく。消そうと思ったところでそう簡単には消えないので、なんだかんだ放置しているうちに、気付けばわが家をわが家たらしめる上で、欠かせない要素となっている。たとえ本人がそこにいなくともその染みが何となく存在感を発揮して、同居するパートナーの口を借りて言葉を発したりもする。

憧れのバッグも、恋人との未来も、いざ自分のものにやって来れば、その瞬間にときめきは終わる。けれども現実の世界で泥臭い生活を共にし、お互いを嫌というほど知り尽くした二人の間にのみ生じる、あたかも壁の染みのような愛着。それをベースに語られるベテラン夫婦の現実の物語は、住み慣れた家から出た私には、何だかちょっと羨ましくもある。

お母さんの泣きどころ

ある夜、私と子供たちは六本木ヒルズ内にある回転寿司屋でお寿司を食べていた。長い間プレッシャーとなっていた仕事が一区切りついたので、自分と、忙しいスケジュールに付き合わされた子供たちのために、しっぽりと慰労会を開催していた。アルコールも入り陽気になった私につられて、子供たちも競うように喋る。初めのうちはどこをとっても幸せ家族の楽しい食事だった。ところが中盤、何かの拍子に突如息子が真面目な顔をして妹に説教を始めたのである。

「楽しい学校生活送りたいなら友達をたくさん作るんだよ。そのためには、みんなと同じ趣味を持って、みんなと同じものを好きにならないとダメだよ」

なんでも最近息子の読んだ漫画に、クラスに馴染めない女の子をターゲットにした、陰湿ないじめのシーンが描かれていたそうで、にわかに妹のことが心配になったのだという。妹を思いやる気持ちは認めるものの、私はこの息子の発言にどうしても納得できなかった。

確かに娘は、小学校の休み時間に一人で俳句を詠んだり、日本野鳥の会の探鳥会に参加したり、スマホの待ち受けを織田信長の肖像画にしたりするような、ちょっと変わった趣味を持つ女の子である。しかし、それはそれで決して悪いことじゃない。特殊なことは面白いこと、面白いことは良いことである。私、軽く酔っていたこともあり、つい噛み付いてしまった。

「それ、ちょっと待って。自分の本当の気持ちを無視してみんなと同じものを好きになる必要ってある？　子供のうちから友達とうまくやることばっかり考えて器用に振る舞ってもつまんない大人にしかなれないよ」

思い返せば私だって、日曜朝の政治討論番組『サンデープロジェクト』を欠かさず見る小学生だった。おかげで学校生活はあんまり楽しくなかったが、その代わりインターネットという楽しい世界と出会って、そのおかげで結婚して……結果的には離婚したわけだがまあそういうこともある。刺激と平穏はトレードオフとも言えるわけで、今となっては、ホームページを作って自己表現する恥ずかしさに全然気付かない、イタイ子供で本当によかったと思う。だから、必ずしも空気を読んで周りに合わせる必要はないんじゃないの!?……と思うところを猛烈に主張した私に対し、今度は息子が言い放った。

「そんなこと言うけどさ、結局ママはパパと結婚してラッキーだっただけじゃん」

楽しかった空気が一瞬で吹っ飛んだ。

「ちょっと待ってよ、ラッキーってどういうこと？　私が本当にラッキーだったらパパと結婚なんかしとらんわ」

思わず言い返したが息子も息子でいっこうに折れない。

「じゃあ聞くけど、パパの力を借りないでママに何ができるの？」

息子は、夫の後ろ盾が無ければ私には何もできないだろうと言うのだ。肉親だからこそ子は親を誰よりも深くえぐってくるものなのである。お疲れ様のいい気分は瞬く間に消え去り、ここから先はたちまち泥仕合と化した。

どんなに夫としてめちゃくちゃでも、子供の父親としてどうかというとまた別の話なわけだから、決して夫を悪者にはしないでいようと努めてきた。そんな私の努力が息子のこの発言に繋がっているのかと思うと、私は一体何をやってきたんだろう、私の子育て、すべて間違っていたのかと絶望的な気分になった。

「そんなにパパが偉いと思うんだったらパパと住みなさい！　もううちには帰って来なくていい！」

つい声を荒げて、慰労会はお開きに。店を出た途端やりきれなくなって、人目をはばからず泣きながら歩いた。基本的には諦めが早く、物事にあまり執着しない私だが、こんな風に感情が高ぶることもあるんだなあと、自分でもちょっと驚いた。

私が小学４年生の頃、専業主婦だった母が英語教室を始めた。それまでは私や妹を最優先にしてくれていた母が、急に仕事を優先するようになったことを、すぐには受け入れられなかった。それである時、「お父さんのお給料で十分食べていけるのにどうして仕事するの？　お母さんがやってることは趣味みたいなものでしょ」と母に文句を言ったのだ。母は当然激怒。私たちはしばし冷戦状態に陥った。しかしその日の夜、家族みんなが布団に入った後、照明を落とした真っ暗な部屋で母が言う。

「仕事始めたことで負担をかけてごめんね。だけどお母さんは、プライドを持って仕事してるの」

それを聞いて、私は何てひどいことを言ってしまったんだろうと激しい後悔にかられた。決して母の努力を知らないわけではなかったから、そんな母を感情的に傷付けた自分が許せなくて、布団を被ってしくしく泣いた。

母はいつも、単身赴任で普段は家にいない父がいかに立派かということを、私たち姉妹に話して聞かせた。だから私も当然のように父はすごい人なのだと思っていた。一方で、いつも生活を共にしている母については、必ずしもそんな風には思っていなかった。私の話を毎回新鮮な驚きと共に聞いてくれる、ちょっとおっちょこちょいで、時に子供のように無邪気な母。尊敬すべき大人というより、あたかも自分と対等か、ともすれば自分がすっかり追い抜いてしまった存在かのように思うことすらあった。けれども、父が毎日家にいなくても、当たり前のように安定した暮らしを維持してくれていた母が、いかに強い人だったかということ。今なら十分すぎるほどわかる。

自分があの時の母とそう遠くないであろう体験をした今、ふと思う。

子供が大人の入り口に差し掛かる時、子供は、大人がどのくらい大きいものなのか、あとどれくらい手を伸ばせば届くものなのかを、都度測っているのだ。自分より圧倒的に大きい人を見つければ落ち込んだり、そこを目指そうと奮起したりするし、自分の方が大きいと思える対象を見つければ、慢心し、自信をつける。それまでの経験と知恵で作った真新しいものさしで、身近な大人を測り、その大きさを自分と照らし合わせながら、子供は大人になるのだ。

結局私と息子は、翌日まで一言も会話を交わすことなく冷戦を貫いた。しかしいつまでも口をきかないでいるとさすがに生活に支障があるので、夕飯の前に「何か言うことあるんじゃないの?」と私から(仏頂面で)切り出した。息子はすぐさま「ごめん、昨日は言いすぎました」とバツの悪そうな顔で謝ってきたので、私たちは和解した。

「あなたは器用だし、友達ともうまくやれてるけど、子供の時に必要なことって決してそれだけがすべてじゃないと思うよ。友達と違っても、自分が本当に好きなことを早くに見つけて、それを深めるのだっていいことだと思う」

改めて冷静に伝えると、息子が言った。

「俺はママが思ってるほど器用じゃない。毎日うまくいかないことだらけだよ」

ああ、そうだったのか……。ガツンと頭を殴られたような衝撃を受けた。私と息子、日頃から非常に良い距離で付き合えているからつい、目に見えるものがすべてとばかり思っていた。けれども私が息子にすべてを見せているわけではないように、多感な時期を迎えた息子もまた、私に見せない一面を当然のように持っていた。学校や部活など私の知らないところで、悩んだり迷ったり、歯がゆい思いをしたり、そういうことがきっと毎日の中に少なからずあるのだ。

ごめんね、と私も謝って、無神経な自分の態度を後悔しながら、またちょっと泣いた。

息子と同じように、私もまた息子を無意識に測っていた。その上で、すっかり把握したつもりになっていた。けれども人は大人になればなるほど複雑になる。安易に見たままでその大きさを測ることが難しくなっていく。

私に言わない複雑な心境を抱えていた息子は、いつの間にやらすっかり大人の世界に足を踏み入れていたのだ。

親も子も、相手を理解したいからこそ、相手を測る。そんななかでふと、自分のものさしが古くなって、もうここでは役に立たなくなったと気付かされる。必要に迫られ、より大きなものさしを新調する瞬間は、嬉しいけれど少し寂しい。

子供たちはいつか、私の手持ちのものさしでは測りきれないほど大きく、複雑になってしまうのだろうか。それとも、親はいつまでも子供より大きなものさしを持ち続けるのだろうか。

答えがわかるのは、きっともう少し先だ。

シングルマザーのリアル「ときめきメモリアル」

『ときめきメモリアルGirl's Side』という女子向け恋愛シミュレーションゲームがある。主人公（私）が高校に入学し、3年間かけてあらゆる自分磨きをしつつ、最終的には、狙っている男の子から卒業式の日に告白されるよう仕向ける、ざっくり言うとそんな趣旨のゲームである。

もう少し補足すると、自分磨きのためには「ストレス」「学力」「運動」「流行」「リッチ度」「芸術」「気配り」「魅力」と、非常に細やかにカテゴライズされたパラメータが指標となる。ゲーム中はこれが絶えず画面片隅に表示されていて、自分の状態が常に見えている。「運動」ばかりやっていると「学力」が下がるし、服をたくさん買えば「流行」が上がるのと引き換えに「リッチ度」がダダ下がる。このパラメータはゲームの世界で、意中の男子にアピールするにあたり有効なのであって、スポ根男子を狙っているのに勉強ばかり頑張っても意味がなく、むしろ運動を頑張る必要がある。またアーティスト気質の男子を落とすには芸術に秀でている必要がある、というわけだ。

このパラメータとは別に、狙っている彼とのラブ度を示すゲージもあって、定期的に発生する会話やイベント時の振舞いによってその値は上下する。つまりは、ニーズに応じた自分磨きと、実際に接触した際の好印象を徐々に蓄積していって好きな男子を落とすのだ。

念のために言っておくと、こういったバーチャルな青春に一喜一憂していたなんて、私のリアルな青春がさぞ暗澹たるものだったろうという心配はご無用である。なぜなら私は、出産直後の絶賛子育て真っ只中という時期に、このゲームに精を出していたからである。それもそれでどうかという声はさておき、乳幼児の相手をしていると、スケジュール通りとはいかない隙間時間があちこちに発生するので、昼間でも夜中でも都合をつけて付き合ってくれるゲームは当時の私のベストフレンドだったのだ。

そうは言っても、やっぱりゲームはいつしか飽きる。全くプレイしなくなってから、気が付けば早10年。すっかり記憶の彼方に押しやられていた「ときメモGS」の話をなぜ今更持ち出してきたかというと、最近しばしば私の脳内スクリーンに、あのゲームのパラメータが出現するからなのである。

働きだしてわかったことだが、依頼される仕事量には面白いように波がある。お仕事たちがみな行儀よく「次は私」「その次は私」と一列に並んでコンスタントにやって来てくれれば良いけれど、どうしてだかそんな風にはできていなくて、集まる時には突如わっと集まるし、来ない時には来ない。自分の努力で少しはコントロール可能だが、ある程度は抗えない波と思って揉まれるままに漂うしかないのだろう。と、漂っているうちにどうやらここ最近、比較的忙しい時期に突入しているようである。日々、何かしらの作業に追われ、毎日が夏休みの最終日のようだ。

大変といえば大変だが、暇にしているより遙かに良いことなので私は嬉しい。「嬉しい」と、嬉しくない時より「魅力」のパラメータが上がる（ゲーム中ではそんなしくみになっている）。しかし、休日も作業に追われてどこにも出かけられなかったり、外での打ち合わせが続いたりするようになると、本来ゲームの中には無いが、私の脳内に存在している「家事」「子育て」のパラメータはぐぐっと下がる。これらは、荒れた部屋、積もった洗濯物の山、登校前に靴下が無いと憤る息子などによって、一部現実世界にも可視化される。一方で「仕事」が減少すれば、「リッチ度」や「魅力」が下がり、「家事」「子育て」のパラメータが上がる。わかりきったことではあるけれども、ワーキング・シングル・マザー。あちらを立てるとこちらが立たない。

このリアル「ときメモGS」においては、ゲームと同様、パラメータ以外にラブ度を示すゲージもある。ターゲットは当然のことながらわが家の長男そして長女である。ただしゲーム内の高校生活で出会う意中の同級生とは異なり、相手は家族だ。厳密に言えば本ゲームにおけるミッションは、ラブ度を高めて相手を落とすというより、満足度を基準値以下にしないよう努めることである。

将来どうなるかは誰にもわからないが、先人たちの知恵や、何となく蔓延している社会の空気から察するに、このゲージの値が低いまま長年放置してしまうと、ターゲット、すなわち子供たちが年頃になった時に、往々にして親は手痛いしっぺ返しをくらうようである。万が一グレたり、家庭内暴力に走ってもらっては困るので、少なくとも、自分にそうする動機は無いと信じきって育ってもらわなくてはならない。そのためにも、どんなに忙しくても、お母さんは自分たちのことをなおざりにしてない、大切に思っている、と定期的に実感してもらう必要がある。

しかし繰り返しになるが、やはりあちらを立てればこちらが立たない。仕事が忙しくても子供たちのケアを手厚くということは、私に無限の体力でもない限り無理なのである。そこで、ゲームで学んだ通り、記念日や休日のお出かけ、学校行事など、定期的に発生するラブ・イベントを有効活用し、一気に満足度貯金（あるいは負債の返済）に励まなくてはならないのだ。

先日開催された小学校の授業参観では、みんなの前で発表を終えてちらりとこちらを見やった娘に、すかさず「Good job!」というメッセージを込めて熱い視線を返した。お母さんはちゃんと授業参観に出席したよ！　あなたの活躍をしかとこの目に焼き付けたよ！という強いアピールを行うことにより、娘の満足ポイントが多少は上昇したはずである。万が一、娘がこちらを見たタイミングで、私が窓の外をぼーっと眺めていたりなんかして視線が交差しなかったら、満足度は上がるどころかマイナスだった。女子のチェックはことのほか厳しいのである。

私の仕事が忙しくなってくると、ターゲットの満足度は簡単に基準値以下に傾きかける。そこを、定期的に発生するイベントでもって何とか回復させる。ギリギリのフォローを繰り返しながら、一方では自身の各種パラメータを調整し続ける。当然と言えば当然だが、ずっと続けているとだんだんと息切れしてくるのである。何もかも自分で選んでやっているくせに、気が付くと私ばかりが延々と発電と放電を続けているかのような、永遠に枯れない泉でいなければならないような、げっそりとした気持ちになってくる。

ところが、子供たちとのある他愛ない会話で、このような私の考えがいかにおごっていたかということに、はたと気付かされたのだ。

子供たちと囲んでいた食卓で、何気なく「今日クッキーを焼いたんだ」と言った。私はしょっちゅうパンやクッキーを焼くので、わが家でこのセリフは「今日米を炊いたんだ」くらいの、全く取るに足らない報告である。にもかかわらず、なぜこんなことをわざわざ言ったのかといえば、折しもそれまでの私は、担当していた難しい企画のアイデアを出すために何時間も、ああでもない、こうでもないと頭をひねっていた。タイムリミットは迫るがいっこうにこれぞというアイデアが湧いてこない。もうだめだ、いよいよここまでか……と、ついつい遠くの方に眼差しを投げかけてしまう。せめて食事中くらい現実逃避したいと思ったんだろう。口をついて出たのが「クッキー焼いた」だったのだ。

するとどうだろう。これほどヤマもオチも無い、SNSで「いいね！」の一つもつかないような取るに足らない一言に、子供たちはにっこり笑って、私に優しく聞き返してくるのである。

「上手に焼けた？」

「あげた人は喜んでくれた？」

うん、うんと返事をしながら、ふとどうしようもない懐かしさに襲われる。お母さんに、その日あった他愛ない出来事を延々と聞いてもらっていた、子供の頃に戻ったような気持ち。何だか急に泣きそうになって、ご飯を口に詰め込む。

私ひとりが枯れない泉を持っていなければならない、自分ひとりが延々と子供たちに愛を、生きる気力を供給し続けなければならないなんて。何て思い上がっていたのだろう。シミュレーションゲームの外、目の前にいる、私の生身の子供たちは、私が彼らの母親であるというだけの理由で、枯れかけた泉に無条件に水を注ぎ、優しく潤してくれるのである。

本家と違い、決して卒業の日を迎えることのない、「リアルときメモ　シングルマザーズサイド」。ゲームの難易度は総じて非常に高いが、一方でプレイヤーは、他では得られない、この上ない役得の恩恵にあずかることができるのだ。

その男、火中の栗を拾うプロ

ある友人（30代男性・独身）がおもむろに「俺に子供ができる」と言う。

シリアスな口調から、ああ、できちゃったか、と思ったが、そういうわけでもないらしい。よくよく話を聞いてみると、古い友人の女性から連絡があって、久々に会ってみたら知らない間に結婚、妊娠していた。おまけに亭主が悪いやつで今まさに離婚を考えているという相談を受けた。だから自分が責任を持って彼女と子供を家族に迎えたい……と、何だかよくわからないが、そういうことらしい。

友人は、「俺、お父さんになれるかな」と真剣な顔で尋ねてくる。たいていのことは諸手を挙げて無責任に煽るタイプだが、この時ばかりは、いやいやちょっと待って、ちょっと落ち着こう、と制した。何しろこの時点で彼は、お相手の彼女とまだ付き合ってすらいなかったのである。

彼は都内で複数の会社を経営する起業家だ。起業家というのは往々にしてどこかちょっと変わっている人たちであるけれども、彼の場合はというと、やたらと火中の栗を拾いたがるタイプの人間なのだった。いや、かく言う私だって、よく火中の栗を拾う。しかしそれは美味しそうだなと拾い上げた栗が、たまたま毎回熱々に燃えているという、不可抗力の結果であって、やけどする度に思慮深さが足りなかったなと反省する。次こそ同じ過ちを繰り返さないようにしよう、と思いながら気付けばまた拾ってしまう。

ところが友人は、見るからに真っ赤に焼けている栗を見つけるやいなや一目散に飛んで行って、手のひらをジュッと焦がしながら拾い上げる。「あああああ熱い熱い」とひとしきり痛みを味わった後で、「よし俺は生きてる！」とアドレナリンを大量放出させるのである。

新宿でナンパした女の子の留学費用が足りないとわかると、どうやったのか数日後には、留学先の学長に話をつけていたこともあった。彼の友人たちの会社の求人を一手に引き受けているので、彼から連絡が来たら、用件はだいたい人探しである。袖振り合う人のお悩みを、なぜかいつも、全く関係ない立場で一緒に抱えているのだ。

これで本人が不幸そうにしていれば手の施しようがないというものだが、いつだって楽しそうなのだからこれはこれで手の施しようがない。事態が大きな火事場であればあるほど目を輝かせ、ああしよう、こうしよう、と「火消し一代」の北島三郎もびっくりの熱心さで消火活動に励む。そう、あらゆる手段を駆使して、最後にはちゃんと火を消すのだ。だから、何たる物好きと呆れながらも、結局は「相変わらずお元気そうで何よりです」に着地してしまうんである。

父になる宣言から数ヶ月後。例によって友人は着実に事態を動かしていた。無事離婚が成立した彼女と、結婚を前提としたお付き合いを始め、生まれてきた子供の父親となるべく、足繁く彼女の家に通っては、子育てに奮闘していたのである。

「いや、子供っていいね」と親バカ全開で子供の写真を見せてくる友人は非常に幸せそうで、勇み足じゃないか、血を騒がせすぎているんじゃないかという私の心配はどうやらすべて杞憂だったようだ。そもそも起業家は結婚にも子育てにも不向きという、自分の経験に起因する思い込みもよくなかった。多様な現代人を十把一絡げにするのは愚かなことである。そうだ、起業家とはいえ、彼はやる時はやる男だったのだ。もう少し落ち着いたらちゃんと籍を入れるという彼と、彼の新しい家族の前途に幸多からんことを、改めて私は祈った。

……ところがここからさらに数ヶ月後。友人は、思わぬ窮地に陥っていた。なんでも彼女の両親が二人の再婚に猛反対しているというのである。

たった一度の結婚すらままならない男女が多く存在するなかで、一度離婚歴のある女性と、血の繋がらない親子関係を受け入れた上で結婚したいと申し出た男性が、女性側の両親によって拒まれることがあるのかと、私は仰天してしまった。友人は人当たりもよく、他人の苦労を背負いたがるほど面倒見もいい。おまけにおそらくそこそこの高給取りでもある。初対面で交際を反対されるような要素は見当たらない。「一体どうしてそんなことに？」と尋ねると、これまた驚きの答えが返ってきた。彼女の両親は、どうせまた悪い男に騙されるんだから、娘はもう二度と結婚しなくていいという考えらしいのだ。

ある意味、結婚すべしという古い考えにとらわれない進歩的な判断。私たちの親の世代で、そんな考えを持つ人たちもいるのだなと妙に感心してしまったが、友人にとってはそれどころじゃない。両親の言葉を真に受けた彼女から、あろうことか、やっぱりもう付き合えない、結婚できないと、別れを切り出されてしまったという。

友人は現在、彼女と彼女の両親の説得に励んでいるものの、話し合いは膠着状態ということである。

「うーん、今回はさすがに参ったよ」とつぶやく友人。しかしその表情にはやっぱり、いよいよ腕の見せどころと言わんばかりのやる気を漲らせている。こと結婚に及んでも、彼は平常運行だったかと思うと、いささか不謹慎ながら、私はこの何とも見応えがあるリアリティショー～絶対に火中の栗を拾う男VS絶対に娘を嫁がせない両親～の熱い戦いから、ますます目が離せないでいるのである。

ところで、世の中にはこのように、必要のない苦労をわざわざ抱え込んだり、止むに止まれぬ使命感を勝手に背負って他人のために奔走したりと、あえて火の中に飛び込んでいくような人が少なからずいて、最近私はそういう人たちに見られる、ある共通点に気付いた。彼らは往々にして、大変な読書家なのだ。しかもたいていの人が早熟で、小学校の低学年から大人向けの小説を読んでいる。架空の世界を生きる人間の心象に数多く触れてきた彼らは、いよいよ自分が大人となり、それまで付き合ってきたフィクションの中の登場人物たちと近い年頃になった時、実際のところはどうなのか、フィクションのような非日常的な状況に陥った時に、生身の人間が織り成す、血の通った物語に強い好奇心を抱くようなのだ。

とはいえ、必ずしも今後自分にメリットをもたらすとは限らない他人のドラマに積極的に巻き込まれていって、交渉や調整に労力を費やすというのは、言ってしまえば面倒事の多い生きかたである。最近では結婚すらコスパで測られる世の中。非効率で生産性の低い生きかたは、どちらかと言えば疎まれる傾向にある。けれども私はこのところ、必ずしもコスパの悪い生きかたが不正解とは言えないように思うのだ。

結婚して家族を持つと、一人で生きるより自由が制限される。もううんざりと思っても、一度乗っかってしまえばそう簡単には降りられない。それならいっそ誰にも振り回されず、自分のためだけに自由に時間を使いたいと、今の時代ならそんな割りきったスタンスで生きていけそうな気もする。最終的に孤独死さえしなければいいやと思うなら、老人ホームだってシェアハウスだってある。けれども一方で、そうやって面倒な人間関係を一切排除して、自分の身の回りに全く波風が立たない状況を何年も楽しむというのは、別の意味でとても繊細な感受性を必要とするだろう。枯山水の庭を見て、侘び寂びに涙できるほど高尚な人なら向いているのだろうけれど、大半の人の感性というのは、思うにもっと俗っぽい。

だからこそ、SNSにカッコいい自分を投影して「いいね！」をより多くもらうことに躍起になったり、お金を払って占いに行って、前世はこうでしたなんて定義されて満足したりする。あなたはこんな風に人と違います、あなたのその言動面白いです、といったように、たとえほんのわずかでも、他者からの承認を得なければ満たされないのだ。この点にあまりにも長く無自覚でいると、おそらく人は孤独をこじらせてしまう。

ネットニュースなどのコメント欄を見ていると否が応にもそういった人たちが目につく。人の不幸に「ざまあみろ」などと罵詈雑言を書き込む人、ファンでも何でもない芸能人のスキャンダルを鬼の首を取ったようにあげつらう人、犯罪予告を書き込む人。誰彼かまわず辛辣な投稿をする人は、そんなにも世の中を憎みながら、それでも人の輪の中で、誰かの視線を浴びたい、自分の声を聞いてほしいと切々と訴えているように思えてならない。

人付き合いって時に面倒で、ストレスを生むこともある。けれどもそんなことをごちゃごちゃ考えず、ただ好奇心の赴くままに人の輪の中に飛び込んでいって、結果どんなに疲弊しようとも、そこで見知った体験すべてを、自身の知的欲求を満たす材料に変えられるある意味身勝手な人というのは、いくら口では大変だと言ったって、その実とても幸せな人なんじゃないだろうか。

たとえば結婚という、ところどころ綻びたしくみにあえて乗っかってみるとか、いきなりそれはと言うのなら、私の物好きな友人のように、困っていそうな他人の話に耳を傾け、自分とは全然関係なくても一緒に策を講じてみるとか。そうでなければ、実家から送られてきた特産品をとりあえず近所に配ってみるのだっていいかもしれない。

人との繋がりを断って生きようと思えばできないこともない世の中だからこそ、一見面倒そうな世界に片足くらい突っ込んでみる。気が向いたら火中の栗を、たまにはあえて拾いに行ってみる。そうやって逃れようのない孤独とうまく折り合いをつけるのって、もしかすると案外健康的で、結果的には割がいい生きかたなのかもしれない。

本妻が説く不倫の作法

結婚論からセックスのテクニックまで、恋愛に関する豊富な情報を扱う女性向けウェブメディア『ＡＭ』が「30代からの恋愛」特集の一環として、30代未婚女性１００人を対象に行ったアンケート（２０１６年2月）によれば、何と全体の41％が不倫を経験したことがあるという。そこで今度は別の機会にこのメディアが、絶賛不倫中の女性のみを対象としたアンケートを実施したところ、これには１日で５００件以上の回答が寄せられたそうだ。

実際には、住んでいる地域や職業などによっても不倫との距離感は異なるだろう。ただ、少なくとも東京というコンクリートジャングルに根を張る私の周りの女性たちを見渡す限り、まあそうだよねと納得せざるを得ない結果だった。

そのくらい、不倫が横行している。

「酔った勢いでチュッとキスしちゃったくらいだよ」から、もはや妻は蚊帳の外で愛人同士がバトルを繰り広げるレベルの泥沼不倫まで、都心に住んでいると、不倫エピソードのサンプリングには事欠かない。特に既婚男性の多くはいつまで経ってももっとモテたいと思っているし、独身女性の多くは、既婚男性を恋愛対象として見ているのだ。

私自身、元夫の不倫問題で大変な思いをした。なかでも特に印象的だった出来事は、元夫の友人を名乗る、謎の男の出現である。SNSを通じてある日突然コンタクトをとってきた彼は、藪から棒に「自分はあなたの旦那の不倫事情を知っているから、少し話しましょう」と言うのである。面識はなかったものの存在くらいは知っていた人物だったので、疑いつつも言われるままに待ち合わせて会うことになった。……とはいえ怪しかったので事前に友達に事情を話し、他人を装って隣の席に潜伏してもらっていた。

初めて会う相手と向かい合って座り、この男は一体何を言い出すんだろうと様子を伺う。5分ほど他愛ない会話を交わしたあと、おもむろに彼が切り出した。

「僕はおたくの旦那も、相手の女の子も知ってるんですよ。一つ言えるのはね、女の子はいい子なんですよ。悪いのは全部おたくの旦那。だから彼女に慰謝料を請求したり、責めたりしないでほしい」

当初、これは誰かの差し金かと思って黙って話を聞いていたけれど、どうもそういった他意もなさそうで、話を続けるうちに、この人は純粋に善意からこういう話をしに来たらしい、ということがわかった。わかったのでつくづく、おめでたい人だなあと思ってしまったのであった。

彼の言わんとすることはよくわかる。実際私の周りにもたくさん悪い男はいる。若くて可愛い女の子を手当たり次第に口説く既婚者は、少なくとも東京にはごまんといる。彼らは収入や社会的地位、そして既婚者の余裕とで、若い独身男性を出し抜いて女の子を巧妙に落としていく。当然のことながら、まんまと魔の手の餌食になってしまった女の子も複数知っている。なかには強《したた》かなやり手もいるけれど、すべての子がそうとも限らないのが悲しいところであって、地方出身の素朴で用心深い子だったり、お父さんとお母さんに大切に育てられたのが手に取るようにわかる良い子だったりするのだ。そういう女の子たちを見ていると、「男が悪い」と言いたくなる気持ちも理解できる。

けれども、いくら人間的に真っ直ぐな子であったとしても、相手が既婚者と知り、それでもなお関係を続けている時点で、男女共に同罪だ。それは一般常識的にそうだから、という単純な話じゃない。不倫という、超旨味のある恋愛を楽しんだ者の負うべき罪なのだ。

便利になりすぎた世の中、好きな人と恋を育むなかで生じる、障害はどんどん少なくなっている。携帯電話さえあれば、好きな人にいつでも連絡をとれるし、待ち合わせ場所で待ちぼうけをくうこともない。相手の情報なら、たいていはFacebookやtwitterに載っている。会えない時にはLINEでメッセージを送ればいいし、顔が見たいならテレビ電話をかければいい。「会えない時間が愛そだてる」という歌もあったが、時代は変わり、会えない時間、繋がれない時間がどんどん減っているので、普通に生活していては十分に愛を育めない。愛を成熟させる切なさは、テクノロジーの進化によって高速で失われつつあるのだ。

その点、不倫というのは、この時代に残された数少ない「障害のある恋愛」である。世間には非難されるし、いつでも会えるわけではない。初めからライバルがいる。普通の恋愛では、すべてを可視化することで情緒をぶち壊している罪深きツールSNSでさえ、不倫においては、相手の家族との日常をちらつかせて切なさを増幅する、「恋愛の盛り上がり」後押しサービスになってしまう。

ハードルの多い恋愛は辛い。しかし人は、誰しも自分にだけ訪れる試練を伴うドラマを求めている。

小学生の頃、「お母さん、私ってもしかして捨て子?」と尋ねた女子は決して私だけではないだろう。平和な日本に生まれ育った私たち、不幸な境遇こそが、自分を特別な物語のヒロインにしてくれることを、幼い頃から無意識に知っていた。不倫の沼にはまる男女は、いけないとわかっていながらやめられない不倫に翻弄され、不幸を味わえば味わうほど、自分だけがこの物語を堪能することを許されたかのような、特別な気持ちになるのだろう。

ここに輪をかけて、配偶者の不倫を何も知らない妻の存在が、ドラマをダイナミックに演出してくれる。気付かない間はとことん咬ませ犬にさせられ、気付いた途端に、二人の恋愛を阻む敵役を押し付けられる悲しい妻。往々にして、外部に宿敵を持つチームは強く団結できるもので、不倫している者同士が共犯関係を築きながら、背徳感の中で得る快楽は強大なのだろう。端的に言って、傷付く人がいるから不倫は楽しい。楽しくないこと、旨味が無いことはこうも流行らない。そして、他人の生き血をするように不倫の旨味を堪能した者は、良い子でも悪い子でも、そんなの関係なく罪深いのだ。

とはいえ、そんなことをいくら言ったところで不倫は消滅しない。良いとか悪いとか関係なく、人の心はふとしたきっかけで変わるものだ。配偶者がいても他の人を好きになることはあるし、配偶者がいる人を好きになる場合だってあるだろう。それはもう仕方がないと言うより他ないのだ。結婚したからって決して安心できない。男と女が複数いる限り、この世は喰うか喰われるかの熾烈な戦場なのである。

だからこそ、私は最近つくづく思う。不倫するなら、せめて作法に則って不倫しようよ、と。

たとえば、いくら焼肉を食べる前に「いただきます」と殊勝な顔をして手を合わせたって、殺されて肉を切り出された牛さん可哀想、とはらり涙を流したって、どうせ右手にはお箸が、左手にはタレが入った皿が握られているのである。心臓からベロから横隔膜から全部食べるのだ。泣いても笑っても、美味しい美味しいと食べられる牛は死んでいる。「お前が被害者面するなよ、食べられているのはこっちだよ」と死んだ牛が天国から文句を言っている声が聞こえてくるようである。焼肉を食べた者は、「強い者が勝つ。

私こそが食物連鎖の頂点」と、自分の強さ、傲慢さを自覚し、全開にさらけ出す方がまだ潔いというものだ。欲望のために殺生しましたけど何か？と、とことん性悪な顔をするべきなのである。

不倫だって焼肉と同じだ。「奥さんに悪いな」と申し訳なさそうな顔をする。「クリスマスは家族と過ごすのが一番だよ」と言いながら泣く。「私は二番で大丈夫だよ」と物わかりの良い風を装う。謙虚な顔をしたところで、配偶者をスパイスに不倫の旨味を味わっているのには変わりないのだ。やめられない恋愛を楽しむのは勝手だが、楽しんでいる自分を差し置いて被害者面したり、聖母のように神妙に振舞うのはあまりに傲慢である。

気概のある不倫女子ならば、本妻に向かって「ブス！　そんなんだから浮気されるのよ」とでも言ってのけるべきで、何より離婚を決断できない不倫相手には「しょうもない男、とっとと離婚してこい」と鬼の形相で言い放つべきなのである。

ここではっきりと言っておくが、本妻より不倫女子の方が圧倒的に優位な立場だ。強い者が弱いふりをして、本当に弱い者をなぶり殺しにしてはならない。強い者は圧倒的に強い者としてヒールに徹する。少なくともこれが、ちょっとはマシな不倫の作法だろうと思うのだ。

そういえば私が元夫の不倫問題で悩んでいた時、相談した義母から返ってきた思わぬ一言が今でも忘れられない。

「わかりました。呪いをかけられる人がいるので頼んでみます」

の、呪い……。義母は当時、少しでも私の心持ちを立て直そうと思いやって言ってくれたのだろうが、さすがについ笑ってしまった。しかし笑いながらも、そうか、その手があったか……と思わなくもなく、追い詰められると人間、最後は呪いをかけようとしてしまうということを身をもって学んだ。とはいえ、「人を呪わば穴二つ」というように、うまく呪いが決まったところで結局は自分も死ぬらしい。目の前の人間が、取り合った末に自分も死ぬに値する人間なのかどうなのか。本妻も不倫女子も、意地を張って盲目になることなく、最後には賢く、実りある判断をしたいものである。

「どこからが浮気？」デス妻に学ぶ感情論

『デスパレートな妻たち』は、２００４年に第一作がアメリカで製作され、その後日本を含む世界各国で話題となった人気連続ドラマである。

内容を端的に言うと、ご近所に住む仲良し主婦たちのドタバタ劇。主要な登場人物４名は左の通り。

- バツイチ子持ちのドジっ子イラストレーター、スーザン
- ガーデニングと料理が得意なコンサバ専業主婦、ブリー
- 格下夫と結婚した子沢山キャリア妻、リネット
- セレブ婚したが空虚さを拭えない元モデル美人妻、ガブリエル

ここに加えて、全エピソードに必ず登場するナレーションは、シーズン1の第一話が始まってものの5分で拳銃自殺した謎の主婦、故メアリー・アリスが天国より担当している。

早くもお腹いっぱい、という声が聞こえてきそうだが聞こえないことにして話を進める。そもそも「デスパレート」とは「絶望した」「自暴自棄の」「死に物狂いの」などという意味で、文字通りこの作品ではこの4名が、それはもう次々と、休む暇なく死に物狂いの状況に直面し続ける。

人の家に忍び込んで目当ての物を物色するなど、彼女たちにとっては基本の「き」。友人の家を燃やす、面倒な義母は見殺しにする、息子の犯罪（飲酒運転・ひき逃げ）を隠匿する、目障りな恋敵は毒殺、亭主を2階の窓から突き落とすなど、とにかくもうありとあらゆる犯罪行為のオンパレードである。あまりにも簡単に人が死ぬし、それだけじゃあ一話分のネタにもならないという感じで、誰かが亡くなっても、残された人たちはたちまち元通りの生活を取り戻す。さすがにそれはどうよ、といちいち突っ込みを入れながら、それでもなんだかんだで見続けてしまうのは、犯罪行為以外の様々な部分に、非常に巧妙に主婦の「あるある」が描かれているからである。

一見深く信頼し合っているようで、絶対に互いに弱みを見せられないご近所友達。こちらの都合を無視して押しかけてくる姑。元気すぎる子供たちを連れているとどこからともなく感じる社会の冷たい視線。学校内シラミ発生に伴う犯人探し。忙しくても「みんな同じよ」で逃がしてくれないPTA。

これら全部、作中で描かれるトピックである。日本とアメリカ。お国が変わっても妻が抱える夫婦や家族の問題はこうも変わらないものなのかという事実に改めて驚かされる。

一方で、日本とはまるで違うのは登場人物らの短気っぷり、開き直りっぷりである。腑に落ちないとすぐに意見する。自らの犯罪行為についてですら、とりあえず正当性をアピールする。パートナーには「私が嫌って言ってるんだからなんとかしてくれ」という主張を悪びれることなく繰り出す。無理があるとわかっててもやってみる。とにかく誰も彼も堪え性がない。一方で見方を変えると、この人たち面の皮が厚いな、では済ませられないというか、むしろこれは、非常に健全なやりかただという風にも感じる。

たとえば「それは浮気よ」「これは浮気じゃない」に代表されるように、夫婦はしばしばしば、明確な答えの無い問題に直面する。話し合いともなれば、一般的に、常識的にこうだからと、少しでも根拠のありそうな第三者の意見をもって自分の正しさを主張する。これが典型的な日本の夫婦ではないだろうか。

話がもつれにもつれ、最終的に裁判ということにでもなればこの議論に意義はあるだろうが、誰が聞いているわけでもない家庭の中の小さな喧嘩でさえ、理屈を適用することにどんな意味があるのだろう。「ふたりきりでご飯を食べに行ったら浮気」も「セックスしていないから浮気じゃない」も。あるいは「たかが風俗だよ」も、世間で自分以外の誰かが言っていると思うからこそ堂々と主張できる。二人しかいない閉ざされた空間で、客観性を保とうとするのは確かにご立派なことだが、一方で「自分が嫌だと感じるから嫌なのだ」というような感情の主張はどうだろう。夫婦間の話し合いでは、案外なおざりになってしまいがちではないだろうか。

日本では古くから奥ゆかしさが美徳とされているせいか、そもそも自分の感情を直接的に表現することを、どちらかといえば下品なことと思ってしまう。元競泳選手の北島康介が発した何てことのない一言「チョー気持ちいい」が流行語になったのも、大の大人が公の場で、堂々と感情を表現したことに多くの人が新鮮さを覚えたからではないだろうか。

義論の場で感情的になってはいけないという大人としての理性と、感情を露骨に主張するのは下品だという刷り込みの二つが、夫婦の話し合いにおいて、素直な感情を抑圧する。実際に私も結婚していた時は、日々帰宅の遅い夫に「帰りが遅いのは嫌だから早く帰って来てほしい」とは言えなかった。ただ、「そんなに遅いのって、どうなの？」と、あくまで常識と照らし合わせて意見するばかりだったように思う。

だけど本来、「感情的になってはいけない」と「感情を無視していい」はイコールじゃない。何しろ夫婦なんて始めから「好き」「一緒にいて居心地がいい」といった感情が先行してユニットを組むにいたった二人である。「居心地がいい」が損なわれたと感じたら、一般的、常識的にどうだろうと、正々堂々と「不愉快だ」と主張して良いはずなのだ。パートナーに対して黙っていられないほどムカついたのであれば「ムカつく」と訴えていい。それに対して相手がどうレスポンスするかというのはまた別の話だろう。お互いの感情を考慮しながら二人の居心地のよさの折り合いがつくポイントを探っていくのは次のステップである。

もちろん、嫌だ嫌だと主張し合うばかりでは殺伐とするだけなので、嫌なことを主張すると同時に、折に触れ、こういう状態であれば自分は心地いいというポジティブな意思表示を行う必要もある。日本人はアメリカ人のようにしょっちゅうキスしたり、ボディタッチしたりはしないので、この点なかなか難しいようにも思えるけれど、いつもより多めに笑って、「すごく楽しい」「すごく嬉しい」と言葉にする。それだって気恥ずかしいという人は、せめていつもより意識して口角を上げる。そうしたことでも多少はメリハリがつく。

考えてみれば、恋人同士だった頃には、寂しさや嫉妬心をもっと当たり前に表現できていたのではないだろうか。恋愛って病気みたいなものだから、時として正常運転時にはできない大胆なことを可能にしてくれる。ところが結婚して、生活のパートナーになる、さらに子供が生まれたりなんかすると、当たり前だが夫婦には家族をマネジメントしていくという現実的な責務が生じる。お金や、家事や育児にそれぞれが費やす時間など、生きるために後回しにできない現実的な問題を前にすると、孤独や嫉妬心といった自分の中である程度処理できるものなら、無いものと言い聞かせてスルーするテクニックを、知らず知らずのうちに身に付けてしまう。離婚するよりはましと、自分の感情に蓋をするのがどんどん上手になってしまう。

先に述べたように「デスパレートな妻たち」が直面する日常の困難の多くは、私たちの生活の中にも十分馴染みのあるものである。ということは、結局のところパートナーとの向き合いかた、話し合いかたを変えて、感情を義論の俎上に載せてみたところで夫婦の関係性が劇的に変わるとか、トラブル知らずになるなんてことはないのだろう。けれども、ドラマの中とはいえ「嫌だ」「嫌じゃない」を臆することなく素直に口に出す妻たちは、とりあえず、何だかすごく気持ちよさそうに見える。

思うに、毎日を彩るあらゆる感情は、何十年も同じ社会で生きていく人間に与えられた数少ないご褒美のひとつなのだろう。パートナーとの話し合いの場に乗せる前に、まずは自分自身が、長い間無視してきた自分の感情をていねいにすくい上げる、そんな努力をしてみるといいのかもしれない。今、自分は嬉しいな、こういうことは嫌だ、寂しいな、というような、常識や立場、社会的な正しさとは関係なく湧き上がる素直な気持ちと自分自身がきちんと向き合ってみる。その上で適宜、外に出したり、引っ込めたりできるようになればしめたものだ。大人になるって、決して不感症になることじゃないはずだ。人生経験を積んで身に付けた賢さで、自分の感情を上手に扱えるようになりたいものである。

アンケートで未婚か既婚かと尋ねられ、戸惑う

先日、初めて行ったマッサージ屋さんで、例によって簡単なアンケートの記入を求められた。名前、年齢、性別、生年月日、職業、未婚／既婚……未婚／既婚。ここでふと手が止まる。「まだ結婚してない」未婚と「すでに結婚している」既婚、私はどちらに丸を付ければいいいんだろう。属性を問われているのだから、配偶者がいない今は未婚を選ぶのが正解なのだろうけれど、事実として、私は一回結婚済みなわけで「まだ結婚していない」は厳密に言えば嘘である。

かつてとある友人に「あなたは恥ずかしさのあまり全裸になるタイプだね」と言われたことがある。私の性格を何とうまいこと表す人だろうと強く感銘を受けた。そう、私、ごまかしたり、嘘をついたりするのがとても苦手である。ごまかして予期せず事実がば

れた時に辱めを味わうくらいなら、初めから求められてないところまでさらけ出した方が、まだ潔いと考えてしまうのである。もちろん全裸は比喩だが、このように基本的に色気のない性格がゆえに、やむを得ず未婚か既婚を選ぶべき場合にも、できることなら「既婚」に丸を付けて「※しかし紆余曲折あって離婚し現在に至る」と最低限の注を付け加えたい気持ちになる。

だいたいこの場合、実態に即して「未婚」カテゴリに所属してしまったら、文字通り捉えれば、「これから結婚する人」ということになってしまうじゃないか。……いや、別にもう二度と結婚なんかするもんかと意地になっているわけじゃない。正直に言うと、機会があればもう一度結婚してみたい。元夫は特殊な人だったし、彼を知る友人たちは皆、口を揃えて「あの人とは無理だよ……」と慰めてくれる。しかしそうは言っても、夫婦の問題には「どちらが完全に悪い」ということはないのではないかと思うし、私にもどこか、結婚生活を維持する能力に欠けていたところがあったのではないかと、繰り返し省みてしまう。

たかが結婚、たかが離婚。と頭では認識していながら、心の中ではどこか負け戦を引きずっている。だから、できることなら二回戦目、勝ちたい。勝って終わらせたい。「ここまで円満に夫婦生活が続けば万々歳」というゴールを設定するなどして、「成功」という形できちんと終わるように結婚というプロジェクトをマネジメントしたいと思っているのだ。ついでに、プロジェクトの進行状況はブログに綴ったりもしたい。総じてかなりチャレンジングな内容になるだろうけれど、二度目だからこそやれる実験だ。

だったら黙って「未婚」に丸を付けておけば済む話じゃないか、と思われるかもしれない。しかしそれもちょっと違う。そもそもこの違和感の本質は、厳密に言うとどちらにも属することができないことに加えて、「未婚」か「既婚」という二者択一に、私が再婚したいとかしたくないとかいった、個人の意思というものが全然顧みられていないところにあるのだ。私のような離婚経験者でなくとも、これまでも、そしてこれからも全く結婚したくないと思っている女性だって、未婚か既婚かという問いかけには私と同様の違和感を覚えるはずである。

特に若い世代の未婚率の増加に関して「結婚したがらない」「若者の結婚離れ」といった視点から論じられることが多いけれど、たとえば50歳時の未婚率を表す男女の「生涯未婚率」が1~3%台だった時代（そんな時代もあったのだ）、既婚者の全員が全員、果たして本当に望んで結婚していたのだろうか?

未婚・既婚という表現が今なおしぶとく生きながらえていることからもわかる通り、日本では結構長い間、本人の意思とは関係なく、年頃になれば結婚するのが当たり前だった。親や親戚が暗躍して縁談を進めてくれる、本人もまたそれを「まあそんなものか」といって享受する、最終的には地域で余った人同士がやむなくくっつく、一時はそれが常識だった。ところが時代と共に社会が変化し、結婚しない自由を本人の意思のままに選択できるようになった。そう考えると、生涯未婚率が年々増加し続けているというのは(2010年の生涯未婚率は男性20・14%、女性10・61% 出典:『男女共同参画白書 平成25年版』)、社会が自由に、健全になった結果とも言えるだろう。

そもそも生涯未婚率というネーミングも、古い価値観を感じさせる。政府が人口の統計で使っているこの割合は、45~49歳、50~54歳の未婚率の平均値から50歳時点で一度も結婚したことがない人の割合を算出したもので、50歳になっても結婚していなければ一生しないだろうという考えかたが透けて見えるようだ。けれども最近身近なところで、50歳を過ぎてからの初婚、再婚の話題を少なからず耳にするようになった。

お父さんが60代にして30歳近く年下の女性と再婚し、お相手との間に新たに生まれた子供（つまり自分の異母兄弟）が、奇しくも自分の子供と同級生になったという友人。長年、事実婚状態だったパートナーと、50歳を過ぎて籍を入れたと言う知人。ごく一般的な人たちが、これまでの常識では規格外だった生きかたを自然に選べるようになりつつある。

日本人は今や、平均して80歳くらいまで生きる。恋愛や結婚、そして働き盛りのタイミングが必ずしもみんな一律に30歳前後で来なきゃいけない、なんてことはないはずで、たとえば仕事を引退し、あるいはシングルの子育てが一段落して時間に余裕ができた頃に、いよいよ本格的に恋愛にのめり込んだっていい。

将来のことを考えれば、若いうちはなるべく回避したいその日暮らしのバンドマンとの恋愛だって、将来の心配がより少なくなったシニア世代であればローリスクで没入できる。バンドに夢中になるシニアも、バンドマンに夢中になって翻弄されるシニアも、共にカッコいいと思う。自分を生かすための最低限のお金と健康。この二つが確保できていれば、私たちは年齢を重ねるほどに自由に、もっと後先考えずに好きに生きられるだろう。

未婚と既婚、そのどちらにも該当しない私のような人もいれば、50歳を過ぎて結婚する人もいて、特別にアウトローな生きかたをしているわけでもないのに、既存の枠組みに該当しない、規格外の状況に陥る人は、きっとこれからもっと増えていく。その状況は決して恥ずべきことでもないし、心細さを感じる必要もない。むしろ現代を生きている自分が、好きに生きることのできる権利を存分に駆使し、自由で正直な選択を下した結果だ。欄外・その他・規格外、大いに結構。これからも胸を張って、どんどんはみ出していきたいと思う次第である。

婚活にこそセレンディピティ

「未婚のいい女は大勢いるのに未婚のいい男はいない」

懐かしのアメリカの大人気ドラマ、『Sex and the City』の第一話目、冒頭に飛び出す名言である。そうそう、と頷いてしまう女性が大勢いることは容易に想像できるけれど、驚くべきことにこのセリフの登場した回がアメリカで放送されたのは何と１９９８年。２０１６年の日本で多くの女性が実感する現象は、18年も前のアメリカでとっくに観測済みだったのである。

冒頭では他にもこんなセリフが登場する。

「女が主導権を握るのは20代まで、30歳を過ぎると形勢逆転」

これまた多くの女性はがっくりしながらも頷かざるを得ない「あるある」である。一見「どうせ男は若い子が好きよね」という簡単な話で片付けてしまいそうだが、この問題の根はもっと深いところにある。端的に言うと、出産だ。男性は50歳になっても60歳になっても子供を作ることができるのに対し、女性にはどうしてもタイムリミットがある。子供が欲しい女性、あるいは、今すぐには決められなくても出産という選択肢を残しておきたい女性は、30歳を過ぎるとどうしても焦る。焦りが、恋愛における男女の主導権を逆転させてしまう。

とある知人女性は30歳を迎えて、そろそろ本腰を入れて婚活しようと、お見合いパーティーに足繁く通うようになったという。ところが、数をこなすうちにふと虚しくなって、結婚相手が見つかったわけでもないのに通うのをやめてしまった。彼女の参加していたお見合いパーティーは、冒頭で配られるアンケート用紙に「タバコは吸いますか、吸いませんか」などを含む詳細な条件を書き出し、マッチした人同士を司会者が繋いでくれるというもの。そうやっていざ対面すると、今度は世間話も早々に「結婚したら仕事を辞められますか?」「子供は何人希望ですか?」と、より詳細な条件のマッチングが始まることもあったという。そんなことを何度も繰り返すうちに、彼女はこう思わずにいられなかった。

「条件さえマッチすれば、この人の結婚相手は私でなくてもいいのでは？」

以降、彼女はお見合いパーティーでの出会いに虚しさを拭えなくなってしまったらしいのだ。

結婚したい人同士を集め、条件が合う人とだけ繋げてくれるお見合いパーティ。確かに効率的で確実性が高いしくみだ。

結婚って、基本的には他人と生活を共にするようになることであり、自分の人生を他人の人生と同一線上に乗せることである。お互いの理想とする暮らしがどの程度マッチするのか、最初に確かめておけるならそれに越したことはない。現に私の周りにも、結婚した後に姑となし崩し的に同居することになって悩んでいたり、子供を望む・望まないの折り合いがつかずに離婚した夫婦は少なくない。だから、とにかく安定した生活を分かち合うパートナーを探すなら、お見合いパーティーは有効なんだろう。ただし先に紹介した彼女のように、条件を重視するがゆえに、条件が合えば誰でもいいのだろうかという疑念に駆られる気持ちもわからなくない。

ムードに欠けるそんな効率重視の相手選びにいまいち気乗りしない人には、読書会がお勧めだ。本が好きな人たちが集まって、課題図書の感想を語り合うイベントで、探してみると全国各地で開催されている。私は縁あって、2015年頃から「猫町倶楽部」という団体の読書会にちょくちょく参加するようになったのだが、少人数に分かれて共通の本の読書体験を語るという時間の濃さに、当初はとても衝撃を受けた。誰かの前で自分の意見を話すというのは、実はすごく気持ちが良いことだったのだ。

基本的には「読書が好き」「課題図書について語りたい」など、ある程度同じ嗜好でフィルタリングされて集まった人たちなので、話が全く咬み合わないということはそうそうないし、課題図書のテーマが恋愛やセックスだった場合、思いがけず初対面の相手を前に、自分のプライベートをさらけ出してしまったりもする。そんな非日常的な時間の中で交友を広げられるので、職場や学校では得られないような人間関係が生まれる。だから、自ずと恋愛や結婚が発生しやすい、隠れた出会いの場なのである。

読書会の他に、「アイデアソン」という手もある。アイデアソンとはアイデアとマラソンを掛け合わせた造語で、数年前からIT業界を中心に広まったイベント形態の一種。主催者が用意したお題に、個人またはグループごとにアイデアを出し合って、優れたアイデアを出した人またはチームが賞を勝ち取る。企業や自治体が、新商品のPRや、既存の製品・サービスへの新しい発想を求めて開催することが多い。実際私も数年前、広報の仕事をしていた頃に、よくこのアイデアソンを運営していた。
開発技術を必要とするハッカソン（開発を意味するハックとマラソンを掛け合わせた造語）と違って、たいていのアイデアソンはアイデアを出すことが目的なので、頭の体操に取り組むような気軽さで、誰でも参加できる。初対面の人と1、2時間チームとなって話をして、さらに懇親会まであれば結構距離が縮まるものだ。参加者同士が後々飲みに行くような親しい仲になることも少なからずあった。
読書会にしてもアイデアソンにしても、要はお見合いパーティーのように、付き合ったり結婚することが直接の目的でないというのがポイントだ。逆説的だが、そうでなければもし仮に誰かに出会えたとしても、「私たちは出会うべくして出会った」と、そこに必然性を見出せない。出会いにセレンディピティを感じ取れないのだ。

セレンディピティ：偶然の出会いや、予期せぬ幸運な展開が訪れること。

たとえば、街で偶然落し物を拾ってくれた人と何度かやり取りするうちに恋愛関係になる。古典的だが、こういう少女漫画でありがちなシチュエーションには、セレンディピティが作用している。小田和正の懐かしの名曲「ラブ・ストーリーは突然に」が聞こえてくるかどうかも、ひとつの試金石となり得る。私いま、特別な物語の主人公になっているかも……という実感が必要だ。けれども、実は合コンでの出会いにだってセレンディピティは潜んでいる。

恋愛を求める人が合コンに行くのは、ご飯を食べにファミレスに行くようなもので、展開としては凡庸で一見ストレートすぎるように思えるかもしれない。しかし、「結局まともな相手とは出会えないし」とネガティブな気持ちが芽生え始めたらそれもひとつのチャンス。そんな諦めかけていた合コンに降って湧いた実りある出会いには、大いにセレンディピティがある。体だけの関係と思っていた人とずるずる関係を続けるうちに、精神的にも不可欠なパートナーになってしまって結婚話が浮上、なんていうケースもやっぱりそう。どちらにも、マイナスからの挽回という意外性を持った立派なドラマがある。

「腐れ縁」という言葉があるように、腐ってるのになお切れない繋がりにすら、私たちは妙な縁を感じてしまう。必ずしも美しいものに限らず、出会いに伴う予想外の展開や複雑な道のりを経て実りある結果が生まれることを、セレンディピティと呼ぶ。何だ女子が好きな運命論かと、侮ってはいけない。こういうことが結構重要なのだ。

今の世の中、「カワイイはつくれる」と同じような調子で「運命は変えられる」というカッコいい認識が割と一般化している。むしろ自分の人生を自分でコントロールすることこそ善、運命のせいにするのは甘え、みたいなマッチョな空気が少なからずある。だけど、人の欲望の矛先なんて日々変わるし、そもそも自分で認識して言葉にできる欲望だってたかが知れている。その時たまたま希望していた条件が合う人と、それだけの理由で結婚したところで、同じ屋根の下で暮らしていれば遅かれ早かれ思い通りにいかないことがでてくる。

そういう場合、条件が合うこと以外の価値を後追いでも相手に見出せていなければ、その結婚の意義自体を見失いかねない。条件を手放してもなお一緒にいる理由が無いからだ。一方で、もしかして出会うべくして出会ってしまったかもしれない、と強く必然性を感じていたり、人には恥ずかしくて言えないけれど内心では「運命かもしれない」と思ってしまったりするような相手。そういう人であれば、大きな方向性の不一致が発生しても、最後の最後で、「仕方ないか……」と諦めもつくというものではないだろうか。

ただし、残念ながら魔法もたまに解ける。「運命かもしれない」が、「どうやら違った」になる場合もある……私のように。まあその時はその時である。

どんな出会いかたをしても、結局うまくいくかどうかは結婚後、生活を共にするようになっていかにストレスなく、二人にとっての最大公約数に歩み寄れるかにかかっている。ひとりで生きてきた時間が長ければ長いほど、慣れ親しんだやりかたを変えるハードルは高くなる。そんな時、セレンディピティという要素は「景気づけに一杯」のアルコールのように、ふわりと足取りを軽くしてくれる。一つの結果を運命だと捉えることをもし仮に思考停止だと言う人がいるならば、運命などはなからない、自分の人生は自分で動かすものだ、とリアリストを気取って決め込むのもまた同じように思考停止ではないか。

思いもよらない出会いが発生しかねない場に意識的に身を置いて、道筋を立ててセレンディピティの獲得に励む。自分が満足できる新しい運命の出会いを、むしろ積極的に演出しにいく。結婚はしたいが、効率重視の婚活に今ひとつ乗り気になれないという人は、自分の人生を自分でコントロールするアプローチのひとつとして、こんな方法を試してみるのも悪くないのではないだろうか。

女の性欲を自覚せよ

今年32歳になる友人と久々に会った。聞けば、かれこれ2年以上一緒に住んでいる彼と近く結婚する予定だという。お相手の彼は、精神を安定させる上でも、生活する上でも、互いになくてはならないパートナー。大変おめでたい話だが、すでに家族のようにお互いを認め合い、愛し愛される二人に一つだけ欠けているもの、それがセックスである。二人の間にはここ1年ほど、まるでセックスがないというのだ。

毎日抱き合ったりじゃれ合ったりはするのに、決してそこから先、事には至らないと聞けば、部外者の私が思うのもおせっかいかもしれないが、何だかちょっと寂しいことのように感じられなくもない。そもそも彼女自身、どちらかといえばセックスが好きなタイプだったはずだ。ところが私の見る限り、必ずしも彼とのレスを思い悩んでいるようではない。よくよく話を聞き進めるうちに、その理由が判明した。彼女、セックスは完全外注という形で、ちゃんと維持していたのである。

とはいえ、いくらセックスだけの関係と割り切っていたところで、いわゆる二股恋愛の場合、往々にして女性は気持ちまで持って行かれがちである。彼女自身も、「セックスをすると、相手のことをより好きになれるんですよ」なんて屈託のない笑顔を浮かべながら言う。その調子で本当に結婚して大丈夫なの？ すぐに本命が入れ替わってしまうんじゃないの……？と尋ねると、本命の彼とセックスだけの相手を、きちんと線引きしながらどちらも円満に維持できる、彼女が独自に編み出した驚きの秘訣を教えてくれた。

「外の相手が一人だと、どうしても本命と比べたくなっちゃうんです。二人か三人いて、その人たちを平等に好きになれれば比較的大丈夫です」

何と、現在彼女は本命の彼の他に、クラブイベントや友人の紹介、またマッチングアプリで出会った計三人の男性と定期的にセックスする仲だというのだ。しかも三人とは、必ずしもセックスだけを楽しむのでなく、少なからず「好き」という気持ちを持って、むしろ割り切った擬似恋愛を楽しんでいる様子。ただ、そこで感じるドキドキを伴う「好き」は刹那的で、もはや家族も同然の本命の彼に感じる「好き」とは一線を画すもの、だからこそ本命の地位は揺るがないのだという。

補足しておくと彼女はいわゆるギャルでもなく、普段から露出度の高い格好をしている痴女とかいうこともない。どちらかと言えば根は真面目で控えめな、ごく普通の女性である。

彼女の性生活がまともかどうかはさておき、もしこの主語が男性だったとすれば、そこには大した驚きもなく、まあよくあること、といった話に終始するのだろうと思う。女好きは治らないよね、なんて。昔から、男性の性欲は独立した強い欲求として市民権を得ているのだ。一方、女性の場合はそうではない。女性の性欲は、長きに及んでその存在そのものが疑われてきた、未確認の生態だった。実際、男性からは「女性に性欲があること自体いまだに信じられない」という声を聞いたりもする。

多数の男性とセックスしている女性、セックスが好きな女性と聞くと、つい、病んでいるのでは、自分を大切にしていないのでは、というような色眼鏡で見てしまう場合も多い。けれども単純に考えてみれば女性だって、眠い、食べたい、と思うのと同じように、セックスしたいと思って本来しかるべきなのである。たくさん食べたら幸せだし、たくさん寝たら幸せ、同じ理屈でたくさんセックスをして幸せになることだってあるはずなのだ。

しかし多くの女性が、基本的には自分の性欲に無自覚だし、自覚しそうになっても何となく恥ずかしいこととして蓋をしてしまう。だから、仮にもし性欲が膨らんでも「今すごくセックスしたい」と、はっきりと思うことがない。代わりに、ただ漠然と空虚な気持ちになったり寂しくなったり、「女として無価値なのかな」とかオブラートに包んでお茶を濁してしまう。

そんななか、先の友人を筆頭に、自身の性欲を自覚し、セックスを能動的に欲することのできる女性も最近決して少なくないように感じる。「いただきます」と時には感謝の気持ちすら持って、複数の男性と積極的にセックスする、健やかな女の子たち。繰り返しだが、浮気や不貞が正しいかどうかはさておき、ここに私は少なからず希望を感じるのだ。

かれこれ2年以上前、私が開設している個人ブログで夫婦間のセックスレスについて取り上げたころ、2日で約10万アクセスを超える反響があった。いまだに検索サイト経由で私のブログを訪れる人は「夫婦　セックス」「夫婦　セックス　頻度」といったキーワードで検索して辿り着いてきてくれているのだが、このキーワード一覧をさらに詳細に見ていくと、一つ切実な現実が浮き彫りとなる。「夫　応じない」「夫　セックスしない」「夫　誘うと嫌々応じる」……どちらかといえば、妻からの内なる声が多数を占めているのである。

セックスは、うまくいけば極めて手軽に快楽と充足感をもたらしてくれる。けれども性欲がないものとされるなかで女性は、どちらかといえば受身で長年そこに挑んできた。だからこそ自ずとセックスは女性にとって、男性に選ばれた、認められた、受け入れられたという、いわば承認欲を強く満たすものとして存在してきた。セックスがなくなってしまうことでそれが満たされなくなれば、時に自分の存在意義をも揺るがされかねない。女性の性欲が男性のそれと同等に市民権を持てば、そうした状況は多少なりとも変わるのではないかと思うのだ。

出産後どうしてもセックスする気になれなくなった女性が、旦那さんに「風俗ならいいよ」と性の外注を認めた事例を何件か聞いて、目からウロコが落ちた。風俗といっても、本当にセックスする店は除外、キャバクラもだめなど、細かいルールを決めているのだそうだ（風俗店には恋愛など芽生えようもないほど、女性がいたって機械的に射精の手伝いをしてくれる店もある）。同じように、夫がセックスに応じなくなった場合に、女性が性欲を賢く外注するという選択肢があってもいいんじゃないだろうか。

男性ほどバリエーション豊かではないものの、女性用風俗は昨今増えつつあるし、セックスに疑似恋愛が不可欠だというのなら、先に紹介した友人のように、本命以外の相手を一人に絞らないことでリスクを分散させるなどの手段もある。機能するかどうかは人それぞれなのだろうが、可能性のひとつとして、同じような役割を担ってくれる相手を複数確保することによって一人ひとりの希少価値が下がり、何が何でも手放せないという気持ちを緩和できるかもしれない。

もちろん夫婦同士で問題なく満たされるのであればお手軽でローリスクだから、それに越したことはないのだろうが、相手を伴う行為の場合、そうそう思うように事が運ぶとは限らない。それで悶々と思い悩むのも人生なら、餅は餅屋、セックスはセックス屋という感じで、自分の欲を細かく分散して各所で満たすというのも、今の社会を生きていくために必要な賢さじゃないだろうかと思うのである。

何しろ、私たちは今、当然のようにすごく便利な世の中を享受している。おうちにいながら、ネットショッピングで全国各地の名産品が手に入る。注文した本が、最短でその日のうちに届けられる。音楽だって映画だって、どこにも行かずともダウンロードできる。あらゆるサービスがオンデマンド、個々の要求に応じて細やかに提供される。こんな環境に慣れきっていくうちに、私たちはどんどん我慢や妥協の仕方を忘れてしまい、赤の他人と結婚し家族になること、家族を維持していくことが無謀な挑戦と化してきているように思う。

尊敬できて、信頼できて、経済力があって、話し相手にもなれて、セックスの相性も良くて、子育てのパートナーになり得て浮気もしない、その他諸々といった、共に暮らす上で必要となる無数の条件を、たったひとりの相手にすべて求める行為。それが結婚だけれども、アマゾンや楽天など、ネットのショッピングモールを擬人化したような人なんてそうそういない。

無数にある欲求の中のたった一つにすぎない性欲。女性は長らくそれを閉じ込めて、自分の中にあるのかないのかも曖昧にし続けてきた。その結果、単に性的に満たされないことを、自身の尊厳にもかかわる一大事かのように錯覚してしまう状況が生まれている。天才だ、と呼び声の高い人に実際会ってみるとすごく俗っぽかったり、え、こんな人だったの、と拍子抜けしたりすることがままあるように、正面から向き合ってみれば性欲なんてきっと案外、ただの性欲だ。

まずは堂々と、自分の中にある性欲に目を向けてみる。その上で、自分にとってどの程度重要なのか、どう満たせるのか、承認欲と切り離せるのかなど、時にパートナーも交えて考えてみる。そうすれば、もしかしてまだ自分でも気付いていない自分の中の未知なる扉がガタッと音を立てて開くようなこともある……かもしれない。

お母さんの恋愛

結婚、そして離婚に伴う「名前問題」って厄介だ。私の周りではこのところ、結婚後も旧姓をビジネスネームとして使い続ける女性が増えてきている。仕事の便宜上の理由だけでなく、「万が一離婚したときに困るから」という理由でそうしている人もいる。

某女性歌手のヒットソングよろしく、永遠ていう言葉なんて知らなかったよね、これまでは……。とか言いたくなるほどの感慨に浸ってもおかしくない新婚の時期。面倒事をこなせばこなすほど幸せの手応えを実感できるというもので、SNSのステータスや名字の変更、結婚報告の写真付きハガキの送付、さらには「名字が変わりました」のご連絡メールを方々に出すなど、そういうことを一つひとつやりたくなってしかるべきなのだ。ところが、もしもの時に備えてそれをやらない、永遠がなかった時をあらかじめ視野に入れることのできる彼女たちの冷静さには、つくづく頭が下がる。

実際、離婚してもう随分経つけれど、私の名前問題はいまだに燻っている。まるでかつて結婚に永遠があると思ったバチが当たったかのようである。現在、戸籍上の私の名字は元夫の姓のままなのだが、これは第一に子供たちとの話し合いによるもので、第二に私自身、名前がどうなろうと割とどうでもよかったからだ。名前だってすでに浸透しているものを使い続けた方が効率的だろうと、その程度に思っていたのだ。

ところが、これについては私の考えが甘かったということが後々になってわかってきた。というのも、一度離婚した人の姓を名乗り続けているというのは、自分の家によその家の表札を掲げているようなもので、徐々に違和感が大きくなってくるのだ。元夫の名字がもしも「田中」や「鈴木」など、日本にたくさんある凡庸な名字であればまだよかったのだろうけれど（田中さん、鈴木さんすみません）、その姓は東京では結構珍しく、初対面の人と会った時には自ずと「珍しい名字ですね」なんて、名前の話になりがちだ。そうなるとどうしても日常の中で名字を意識させせられてしまう。

そこで最近思い立って、名刺の表記を「紫原（家入）明子」とし、旧姓と、カッコ付きで元夫の名字とを併記することにした。これまで古い名前で培ってきた人間関係だってある。一気に変えるというのは何かと厄介なので、段階的に旧姓を浸透させていこうと思ったのだ。

いざ、新しい名刺を初対面の人に渡すと、受け取った相手が発したのは「あ、ご結婚されたんですか？」という一言。……迂闊だった。こうなる可能性を全く予想していなかった。考えてみれば、そう思われても仕方がない。結婚ではなく離婚であることはインターネットで検索すればすぐに色々と出てくるし、こちらに向けられる晴れやかな笑顔に嘘をつき通すこともできず「すみません、離婚したんです……」と正直に打ち明け、結果、相手にバツの悪い顔をさせてしまうこと数回。おまけに複数のコミュニティに所属していると、たとえば会社では「柴原」の方が浸透していて、ママ友の間ではまだ「家入」で通っている、というようなバラつきが生じる。レストランの席を取ったはいいが、「あれ、どっちの名前で予約したんだっけ……？」というような、小さな混乱が生じるようになってしまった。名前が二つあるというのはやはり具合が悪い。

一時の混乱にすぎないとわかってはいても、なかなか厄介な名字問題。それでも、やっぱり本腰を入れて旧姓にシフトする必要があるな、と感じたのは、親しい友人の一言がきっかけだった。

「前の名字を名乗り続けている限り、前の旦那の影が付いて回ってるのよ。その間は、とてもじゃないけど次の恋愛なんてできないわよ」

こんなはずじゃなかったが、こうなってしまったものは仕方がない。離婚に伴い、独身女性のフィールドに10数年ぶりに大手を振って戻って来た私である。ところが、何ということでしょう。同世代の友人たちは、私と入れ替わるように次々と既婚者の国へと旅立ってしまうのである。また一緒に楽しくやれると思ったのに、どうして……！　必ずしも恋愛や結婚が幸せを運んでくれるだけのものではないことを身をもって学んだにもかかわらず、「こうなると無性に焦る。さらには、ちょっと前に離婚した友人からの久々の連絡が、より一層私の焦りを強めた。

私より後に離婚した30代、二児の母の彼女は、あっという間に次の恋に夢中になっているらしい。なんでも新しい彼は8歳年下。余計な情報を付け加えておくと、付き合い始めた当初は、何と童貞だったという。「セックスを知った男の子が、次第に男に変わっていく過程がたまらなく愛おしいの。何でもしてあげたくなっちゃう」。うっとりしながらそう語る彼女、実は前の旦那さんを含む歴代の彼氏全員が全員、揃って年下童貞男子だったそうで、根っからの育て気質なのだろう。普段は母親として二人の息子に注いでいる母性愛を、必要に応じて性愛の方にもチューニングできる女性力の高さにはただただ感服である。

一方、別のシングルマザーの友人は、恋愛関係になりかけた男性にこんなことを言われたことがあるという。

「結局最後には、お母さんであることを忘れられないでしょ？」

そこに不平不満を漏らす相手なら初めからお話にならないと、彼女はこの一言で彼を見限る決心をしたそうだ。他人の色恋に口を出すのも野暮だけど、でもそれでよかったと思う。何しろ恋愛する上で、女でいることとお母さんであること、両者をどう折り合わせるかについて、誰より深刻に悩んでいるのは他ならぬ女性、当人なのだから。

確かに恋愛とは、一度どっぷりはまれば、相手のあばたもえくぼに見せるほど麻薬的な作用をもたらしかねないもので、ともすれば自分たち以外どうなってもいいと、どんな常識人をもエゴイスティックに変え得るものだ。だからこそ、適度な距離を保っていようといくら頭で思っていても、知らないうちにかなりの深みに引きずり込まれる、危険なものでもある。守り育てるべき子供を抱えていれば、そうでない人と同じように無防備で挑むわけにはいかない。特に最近はシングルマザーの育児放棄や、お母さんの恋人による児童虐待、それらによって子供が死にいたる無残な事件が相次いで報道されている。あくまでも特殊なケースではあるけれど、子供を守るという観点から、お母さんの恋愛そのものが、総じて悪しきことのように語られるケースも少なくない。

おまけに現実的な問題として、お金を稼ぎながら、基本的には一人で子供を育てなければならないシングルマザーはとにかく忙しい。仕事も子育ても、一度やってしまえば終わりではなく、来る日も来る日も継続してマネジメントしていくべきもの。更に恋愛も、ということになるとそれはもはや新しいタスクである。そこに割く時間や体力を日常の中に捻出するのは死ぬほど大変だ。でも、だからってお母さんは恋愛してはいけないのかなんて言えば、決してそんなことはなく、むしろ積極的に恋愛していくべきだと私は思う。

以前、子連れ再婚を経験した家庭を取材させてもらった。二人の子供がまだ幼い頃に夫と離婚したお母さんは、生活のために複数の仕事を掛け持ちして、早朝から深夜まで働き通しだったという。彼女が幸いにもそんな状況から脱することができたのは、現在の旦那さんとの出会いのおかげだった。彼と恋をし、再婚したことによって、家計の基盤を二人で支えられるようになったのだ。

テレビや新聞に取り上げられないだけで、子供と良好な関係を結んでいるステップファザーは少なくない。現に彼女の子供たちも、血の繋がらないお父さんのことも大好きと屈託なく語ってくれたし、お父さんがやって来たことによって、お母さんが仕事を減らし、毎日当たり前に顔を合わせられるようになったことを何より喜んでいた。

近年、母子家庭の貧困率は全世帯の約5割に上るとも言われている。決して母親が働いていないわけではなく、多くの家庭は、母親が複数の仕事を掛け持ちしてまで働いている、いわゆるワーキング・プアだ。

保育園すら十分に整備されているとは言えないなか、一人で子供を育て、養っていくには社会のサポート体制はあまりに脆弱で、自己責任として解決すべきことが親へ過剰にのしかかる。一方で、キャリアやスキルは急に得られないし、子供を育てる以上、働く時間も制限されるので、すぐに所得を上げるのも難しい。だからこそ、育児に当事者としてかかわってくれる大人の数は多ければ多いほど助かる。

シングルマザーに恋愛をお勧めするのは、何も経済的な問題に限った話じゃない。一度離婚を経験した女性の多くは、結婚生活を維持できなかったのは自分の努力が足りなかったせいかもしれないと、いわば離婚の後遺症に結構悩まされる。ふとした時についい自分の粗探しをしてしまったり、この人の本心は別のところにあるのではと、他人に対して必要以上に疑心暗鬼になったり、女としての魅力が無いのかも、と気落ちしたり。日々の些細な出来事がカンフル剤になって、ちょっとずつ痛みを忘れさせてはくれるけれど、それでも本質的にこの穴を埋めるには、やっぱり新しい恋愛、新しい異性によって、失われた自信を取り戻すしかない。

恋愛、というには少々物足りないものの、離婚直後に私もちょっとした経験をした。

「一杯だけどうですか？」「お姉さん、すごく綺麗だなと思って」

仕事帰りの夜の繁華街で、唐突に男性から声をかけられたのだ。いわゆるナンパである。私はたちまち天にも昇る気持ちになった。本当に私でいいんですか？　人違いじゃないですか?と正確さを求めて問いただしたい衝動に駆られた。内心感動で打ち震えながらも咄嗟に慣れてる感じを演出しなければと、何とか表情を崩さず通り過ぎ、誘いに乗ることはなかったけれど、この名前も知らない男性の言葉は、子供たちの笑顔や友人たちの優しい言葉では、残念ながら決して手が届かない傷口にしっかりと作用し、女としての私の前途を一気に明るく照らしてくれた。離婚によって折れかけた自尊心を、見事に立て直してくれたのだった。

一方、子供はどう思うかという問題もある。母子家庭で育つ子供たちに話を聞くと、どんなに大人な態度で親の弱さを見つめている子供でも、皆一様に「お母さんには再婚してほしくない」と言う。いくら経済的なメリットがあっても、お母さんが苦労している様子を間近で見ていても、ある程度分別のつく年齢の子供たちはやはり、お母さんにはお母さんであってほしい。女である母を見たくないと思っているようだ。母親だって、決して子供を傷付けたくはない。だからこそ、恋愛の進めかたには慎重さが求められる。

参考までに先駆者たちの例を見てみると、お母さんの恋人は、まずは友人として家に出入りするケースが多いようである。彼の存在が無害であることを子供に身をもって実感させてから家族になる。こういったプロセスは少なからず有効そうである。

いずれにしても、お母さんの恋愛には、賢さをもって乗り越えるべきハードルがたくさん存在している。家族の状況が異なれば最適な付き合いかたも異なり、ある程度の試行錯誤はやむを得ない。けれども一方で、乗り越えるべきハードルを燃料に転換できるのもまた恋愛の良さだろう。自分も、子供も、恋人も、みんなまとめて幸せになる。確かにハードだが、やりがいのあるタスクに挑めるのは私たちお母さんの特権だ。

お母さんなのに恋愛しちゃいけないとか、お母さんが恋愛すれば子供が不幸になるとか、お母さんに無責任に清廉さを課す人たちは、当人や家族の幸せには結局、微塵も寄与しない。お母さんであろうがなかろうが、生きている限り、誰かと支え合って生きていくことを決して諦める必要はないと私は思う。お母さんだって恋愛していいのだ。

決めごとはすべて(仮)でいい

専業主婦だった頃、私と社会とを繋いでくれるパイプは夫と子供だけだった。色々あって夫と別居をすることになった時、ホームパーティーを開いて人をたくさん家に招くようになり、結果、その人脈から仕事を得たというのは先に書いた通りである。

履歴書に載る経歴や肩書というのは、結局のところ、何も知らない誰かの信頼性を担保する材料のひとつにすぎない。高卒、職歴無しと、履歴書ではおそらく0点の私が、30歳を過ぎてから働き出すことができたのは、多くの人と個人として出会って、プライベートスペースである家の中に招き入れて、同じ釜の飯を食べたことが功を奏したと感じている。働くのだって結局は人と人とのかかわり合いなのだから、一緒に働く前に信頼関係を結んでいると、お互いに相手の事情に配慮しやすくなるし、助け合いやすくなる。

この時の経験から、人との繋がりのハブとなる場所、「家」のありかたというのは、単なる容れ物に留まらず、中で暮らす人の人生や暮らしに大きく作用するものだと考えるようになった。たとえば、家が家族だけで閉じられるのでなく、外に向けて開かれ、他者を迎え入れることで、家族の抱える問題も実は大きく軽減されるのではないか。

一方で、他人と近い距離で生活するというと、色々と面倒事やストレスもある。二世帯、三世帯の同居が当たり前だった日本で、こんなにも核家族化が進んだのには、それなりに理由もあるのだろう。今さらコミュニティでの生活に回帰すべきと考えるのは、時代錯誤なんだろうか……。

そんなことを考えていた時、友人でジャーナリストの佐々木俊尚さんのご紹介で、東京・池袋にある「メゾン青樹・ロイヤルアネックス」というマンションの存在を知った。ロイヤルアネックスは、青木純さんという方がオーナーとして運営されていて、入居時に部屋の壁紙を自由に選べる「壁紙カスタマイズ」や、壁紙だけでなく、入居者の希望に応じて部屋をリノベーションできる「オーダーメイド賃貸」などのサービスで人気を博している。特に自分の好みに合ったお洒落な部屋に住みたいと望む感度の高い人たちに支持され、空室が出る前から次の入居希望の予約が入る、「行列のできるマンション」として知られるようになった。

これだけなら敏腕オーナーの見事な経営手腕という話にすぎないが、メゾン青樹の面白さはここから先にある。青木さんがオーナーとなってから約3年間で、何と入居者10組が結婚し、さらに11人の子供が生まれたというのだ。

たとえばファミリー向けの戸建てが立ち並ぶ新興住宅地なんかであれば、これから家族になろうとする人たちが多く越してくるわけだから、子供が次々と生まれても自然といえば自然だ。けれどもメゾン青樹の場合、多くの部屋は家族で住むにしてはやや手狭な、50平方メートル台・2DKクラスの間取りになっているという。そんな環境なのに、短期間で11人も子供が生まれるというのは珍しいと言えるだろう。

部屋の壁紙を選ぶことが、どうして入居者の結婚・出産に繋がるのか。オーナーの青木さんに実際にお会いして話を伺ってみると、秘密の一つは入居までのプロセスにあることがわかった。

入居者が自由に選べる壁紙は、部屋の雰囲気を最も大きく左右する重要な要素。だからこそたいていの入居者はとても迷うという。特に未婚のカップルは当然のように揉めるそうだ。普通なら結婚後、家を建てる・買うといった大きな転機でもなければ直面できないカップルの一大合意形成を、賃貸マンションへ入居する時に体験できるというのはとても貴重だ。そこに大家の青木さんが、さながらウェディングプランナーのような立ち位置で付き添い、暖かいおせっかいを焼いてくれるという。

さらにメゾン青樹では、壁紙カスタマイズによって「よその部屋はどんな壁紙にしたんだろう？」とお互いの部屋に関心を持ち、自然と住人同士の交流が活発に行われるようになった。今では、ニーズに応える形で増設されたレンタルパーティールームや屋上ガーデンに多くの住人が頻繁に集まっているという。こんな風にマンション内に横の繋がりが生まれたことも、結婚・出産が短期間に増えた理由の一つだろう。

「結婚や出産って、伝染するんですよ」と青木さんは語る。

特徴あるマンションに同時期に入居したご近所さんたちが、結婚し、子供を産み、家族となっていく様子は、未婚で入居した人たちにとっては、自分のリアルな未来像を見せられているようなもの。漠然とした不安が払拭され、うちもそろそろ、という気持ちを自然に抱けるようになるのかもしれない。

マンション内のベビーラッシュを受け、現在は敷地内に飲食店とコワーキングスペース、さらには幼児教室が増設されている。

特徴的なのは、新たに増設されたこの三つのスペースが、メゾン青樹の住人以外も利用できるという点だ。青木さんに伺ったこの意図が、とても興味深かった。

「築年数が経過すると、どうしてもマンション内の空気が停滞する。だから、マンションの外に向けて風穴を開けておく必要があるんです」

家や家族が外と繋がることの重要性は身をもって実感していたけれど、個々の家が十分に開かれたメゾン青樹のようなマンションでは、今度はさらに外側の、街に向けて開く必要があるという。

これは一体どうしてなのだろう。そのヒントは、青木さんの話に何度か登場した「パブリックマインド」という言葉に隠されているように思う。直訳すれば「公共の精神」である。家のインテリアにこだわる人は、人を家に招き入れるのが好きだったり、家の外と繋がることに積極的だったりして、自ずとパブリックマインドの高い人々が集まったということが、メゾン青樹が一つのコミュニティとして育った要因だろうと青木さんは語る。ここで言うパブリックマインドとは、今自分のいる場所が、自分の場所でありながら、同時に自分だけの場所ではないという意識を併せ持つことを指すのだろう。

　プライベートな空間である家に、頻繁に家族以外の人が出入りすることで、家の中に程良い緊張感が生まれる。また、家の中によくやって来る人たちで形成された外の世界には親しみや安心感が増す。つまり、メゾン青樹の住人たちにとって、家の内と外のどちらもが「わが家（仮）」であり、「社会（仮）」でもあると言えるのではないだろうか。

　さらに時が経って、マンション内の住人の関係性が密になると、安心していられるプライベートゾーンが、自分の部屋だけでなく、マンション全体、それまで外の世界だった場所までに拡大する。そうなると、それぞれの自立心を後押ししていた緊張感が薄まり、甘えや依存が生まれかねない。だからこそ、より外側のパブリックな場所と通じる必要が出てくるのだろう。


　実は私は最近、色んな物事にこの（仮）を適用すればいいんじゃないかと考えている。たとえば結婚も、仕事も、恋愛も。「結婚（仮）」「就職（仮）」「恋人（仮）」といった具合で、よほどのことでもない限り、とりあえずは全部仮のものとして、もう少し緩く捉えた方が、より生きやすくなるのではないかと思うのだ。

何しろ多くの人が、自分だけは損しないようにと生きる今の世の中、あらゆる選択には過剰な「自己責任」が伴う。

ワーキング・プアの母子家庭に突き付けられるのは、結局はだらしない相手を選んだからだ、安易に子供を作ったからだ、などという自己責任。新卒で就職した先が実は超ド級のブラック企業だったとしても、見抜けなかった自分が悪いという自己責任。使命感を持って戦地に取材に行ったジャーナリストがテロリストに拉致され、殺害されたとしても、危機意識が足りなかったという自己責任。ともすれば一方的にレイプされた女性にすら、そんな格好で歩いていたからだ、などと自己責任を押し付けようとする。

人間は残念ながら予知能力を持って生まれてはこない。にもかかわらず、一度でも失敗したり、不可抗力で弱い立場に身を置くことにでもなれば、それはすべて自己責任であるとされ、どこかの誰かに糾弾されかねない。こんな社会では、あらゆる決断に伴うリスクが大きすぎると思うのだ。そりゃ人は結婚しなくなるし、子供も産まなくなる。自己責任を問うなと言っても難しいのだろうから、それならいっそのこと、決断そのものに片足だけ突っ込む程度の緩さを許容し合っていきたい。生活を左右する重大な決断であればあるほど、一度試してみて、やっぱり違ったな、とやめられる余地を残しておきたい。(仮)でいいのではないかと思うのである。

実際、住まいには当たり前のように(仮)が許されている。ご存じの通り賃貸住宅である。長い人生、いつまでも今と変わらぬ家族形態で、同じ場所に住み続けるとは限らない。また仮にもし家を買ったとしても、いつ災害や事件が起きて資産価値が暴落しないとも言いきれない。たくさんのお金をつぎ込むことにはリスクがあり、必ずしもすべての人がそれをよしとしないから賃貸住宅に住むという選択肢がある。先のことはわからないから(仮)で、という考えかたは、決して私たちに縁遠いものではないのだ。

トライアンドエラーへのハードルを下げる以外に、(仮)にはもう一つ利点がある。何かの決定を下すというのは、それ以外の選択肢を基本的には問答無用で排除する。家の扉を閉めて、内側から頑丈に鍵をかけるようなことだ。それに対し、(仮)という概念で進めれば、他の選択肢も完全には排除せず、何となく考慮し続ける。外の世界に向けて、風穴を開けておくことができるということだ。

メゾン青樹の例からも垣間見える通り、内と外の境界が緩やかになることで、程良い緊張感が保たれ、結果的に外の世界への恐れや、内の世界への依存が生まれにくくなるように思う。結婚や就職など、初めのうち適切だった決断が次第に行き詰まってくるのも、ずっとここにいられるのだという慢心と、ずっとここにいなければいけないのだという閉塞感、この両方が要因となっていることがほとんどだろう。

少しでも外の世界と繫がる道が残っていれば、そんな慢心と閉塞感を軽減することができる。離婚や退職が今より少しだけ身近になることで、結果として長く、健やかな精神状態、あるいは関係性を維持できるのではないかと思うのだ。

現時点では私はわが家（仮）、つまり賃貸住宅に住み、また契約している企業に週2回ほど出勤する、就職（仮）を実行中である。完全に無所属だとたまに寂しいが、完全に根を張ってしまうのも荷が重い。今の立場はその点、とても居心地がいいのだ。何とか今後もこんなスタンスで生きていきたい。ただし残念ながら結婚（仮）の実験にはいまだ着手できていない。いざやってみると、案外うまく機能するかもしれないし、もしかしたら破綻するのかもしれない。これればかりはわからない。

ただ、働くシングルマザーをやっていると、家にもう一人か二人、大人がいてくれればなあ、と思う時がままある。外せない仕事の日に子供が熱を出してしまった時や、私が体調を崩して子供たちのご飯を作る余裕がない時、仕事が溜まって家事に手が回らず、家の中がぐちゃぐちゃになっている時なんかもそうだ。そんな危機的状況で、最後の最後に頼りになるのはやっぱり、昔からよく遊びに来る、たくさんの友人たちだ。

扉こそあれど、完全には閉じない空間があって、その内と外がどちらも「わが家（仮）」となれば、必然的に家族の範囲も拡大する。薄くて大きな家族（仮）である。

でもさすがに子育て（仮）なんて認められないだろう、と思われるかもしれないが、そもそも子供なんて、いつかは大人になって独り立ちしてしまうもの。子供たちにとって親と住むということは、はなから仮住まいなのである。

人との繋がりや社会の枠組みは、時に煩わしさやストレスを生むこともあるけれど、だからといって、それらをすべて回避して生きるのも心許ない。あらゆる決断に余白を残す、（仮）の生きかたは、もしかすると個人主義の時代の生きにくさを打破する新たな糸口となるのではと考えている。

もう一人の家族の話

高校を卒業してすぐ、元夫と同棲するために借りたワンルームマンションには「ピュアドーム」という名前が付いていた。当時は何の疑問も持たなかったが、よく考えるとアダルトグッズみたいである。誰がどんな理由でこんな名前にしたのか。ホットなカップルにふさわしいようなふさわしくないようなこの「ピュアドーム」を皮切りに、私たちはこれまで何度となく、引越しを繰り返してきた。

「今度はこっちに住みたい」と望んで引っ越したことも、諸事情により「仕方ないね」と越したこともある。思い立ったが吉日、常に上昇志向で安定を嫌う起業家と結婚すると、うちみたいなことは比較的よく起こるようだ。ちなみに今住んでいる家で13軒目。18歳で実家を出て今年で15年経ったということは、ほぼ毎年引越しをしていたようなものだ。まったく馬鹿なお金の使いかたをしたなと思うけれど、一方で今思えば、あの時、一瞬でもあの家に住んでいたからこそ出会えた人や知り得たこと、その積み重ねが、今の私を生かしてくれている。

そんななかでも、私にとって最も大切な、忘れられない出会いについて書こうと思う。

羽振りの良かった時期、私たち一家は都心のとある賃貸マンションに住んでいた。築年数こそ古いがいわゆるヴィンテージマンションと呼ばれる類の家で、一歩足を踏み入れれば古さを感じさせないほどハイセンスにリフォームされている。家電一式とオートロック完備、コンシェルジュ常駐で、駐在の外国人や芸能人に特に人気があるようだった。

当時私は、お客さんを招いてホームパーティーを頻繁に開催していた。お洒落マンションというのは、キッチンやリビングが広いだけでなく、でっかい食洗機が備えられていたり、エロい間接照明がついていたりと、休日はホームパーティーすべきと言わんばかりの誂《あつら》えになっているので、誰に頼まれたわけでもないけれど、私はこのマンションに住むにふさわしく、務めを果たそうとしていたわけである。

ある日、わが家で開いたこのごはん会に、共通の知人を介して「彼」がやって来た。

階下に住む、Ｊという名のいかついアメリカ人。黒ずくめの服を着た、横にも縦にも大きな、圧巻の白髪のおじさんである。後に実は60代で、おじいちゃんと呼んでもあながち間違いでなかったことを知るのだが、何しろ両腕にはおどろおどろしい刺青がぎっしりと彫られており、耳たぶや首、手首、指先には、そりゃもうごっついシルバーアクセサリーが、何十個と付けられていた。笑う度にのぞかせる前歯は真っ白で、こんがり焼けた肌色とあいまって、さながらトム・クルーズのようなハリウッドセレブ感をひしひしと漂わせている。

その日、ゲストの誰よりも遅れてやって来た彼は、玄関に立った瞬間、見た目のインパクトで我々を圧倒し、直後に「ハイハ〜イ、ドウモドウモ！　Ｊデ〜ス！」とこれ以上ないほど陽気に言うので再度仰天させた。体が大きいせいか、それだけのことでも若干息切れしていたし、滝のような汗をかいていた。すごいのが来たぞ、と私たちは身構えた。

アメコミのキャラクターみたいなＪを恐る恐るリビングに招き入れ、はじめましての挨拶を交わす。すると彼は私をまじまじと見て言い放った。

「アナタ、スーパー・ゲンキ・ウーマン！」

へ?と、一体何の話かと尋ねたところ、Jは「自分には人のエネルギーが見える、あなたはスーパー元気なウーマンだ」と言うのである。

この日を境に私の携帯には、多い時で日に二回も三回も、Jからの電話がかかってくるようになった。電話口では、毎回驚くほど緊急性の低い話を延々と聞かされる。それぱかりか、電話じゃ埒があかないから、と、ちょっとしたことで彼の部屋にも呼び出されるようになった。

ある日は「大好きな味噌カツを作るために味噌を買ったが、どうも違う味がする」と言うのでしぶしぶ様子を見に行ったところ、本人があくまでも味噌と言い張る瓶の側面に「イチジクジャム」と書いてあって、大笑いしながら真実を伝えてあげた。また別の日には、早く来い!すごいものがあるぞ!と言うので部屋を訪れると、ニヤリと笑いながら通販で買ったスパイカメラを見せられた。疑い深いJはメイドが自分の留守中に悪さをしているのではないかといつも気にしていたし、パパラッチがビルの向こうから盗撮しているから、という理由でいつも真っ黒なカーテンを閉め切っていた。

当時私はまだ離婚する前で、表面上は夫婦関係も問題ないということになっていた。つまり人妻。そんな私と、カテゴライズすれば男性であるJの友情に、間違っても色っぽいハプニングが発生しなかったのは、必ずしもJがおじいちゃんだったから、というだけではなかった。「30年前に、酒もセックスもドラッグも全部やめた」というJの口癖が示す通り、彼は俗っぽいことはたいていやり尽くしていたのだ。

というのも、驚くべきことにJは自身の10代を、かの有名な画家アンディ・ウォーホルと共に、ウォーホルが開放していたアトリエ「ファクトリー」で過ごしていた。現在広く知られている通り、そこではフリースタイルでインモラルな生活が堂々と繰り広げられていたという。年齢を重ね、失敗を重ね、あげく無理がたたったことによる大病を患ううちに、Jはそんな世界からすっかり足を洗い、私と出会った頃は、必ず税関で足止めされる外見とは裏腹に、僧侶のような生活を送っていた。

Jと知り合って半年が経った頃、夫の浮気が判明し、直後から夫は行方不明になった。私はまだ世間知らずの奥さんだったので、そのショックで激しく動揺し、家族や友人が代わる代わる家事を手伝いに来てくれたりもしていた。そんな最中、例によってJからの呼び出しの電話。こんな状態ではとてもあの元気パワーには太刀打ちできないと、可哀想に思いながら、ずっと居留守を使っていた。ところがあまりにもしつこくかかってくるし、電話を無視したらSkype、Skypeを無視したらFacebook Messengerと、あの手この手で音を鳴らしてくるので、ある夜しぶしぶ電話に出た。

「Hey Yo! モシモシモ〜! ゲンキデスカッ」例によって陽気でハイテンションなJ。こっちはそれどころじゃないんだよと、つい八つ当たりしたくなる気持ちを抑えて、自分の置かれている状況を冷静かつ必死に、拙い英語で説明した。すると彼は、何で早く言わないんだ、すぐに来いと言うので、エレベーターを降りて、階下にある彼の部屋に行った。

毎日やって来ているメイドもとっくに帰ってしまっていて、ダサいグレーのスウェットの上下を着込んだJが一人、私を迎え入れてくれた。寝支度を整えた彼はいつもより格段におじいちゃんに見え、無性に和んだ。

ダイニングチェアに腰掛けると、彼は私に手作りのスープをふるまってくれた。玉ねぎや人参が小さく刻まれて入っている、一見何の変哲もないコンソメスープ。だがここに、ディルという香草を効かせるのがJのこだわりだ。

いつもなら、ファック! ファック!と下品な英語ばかりまくし立てるJが、黙ってスープを食べる私を満足そうに眺めながら、いつになく優しく、こちらをすっかり見透かしたような目で、ゆっくりと話し始めた。

「僕はかつて、それまでの人生のすべてをかけて作り上げたジュエリーブランドを、信頼していたパートナーに奪われてしまったことがある。だけど今はちっとも恨んでいない。なぜなら、僕は許すことにしたからだ。辛い目に遭ったとき、世の中にはそれを忘れる（Forget）人間と、許す（Forgive）人間がいる。明子と僕は、合わせ鏡のようにとてもよく似ている。僕たちは、ふたりともForgiveする人間だ。辛いことがあっても、いつかは許すんだ」

……そうは言ってもついこの間までアナタ、メイドがお金盗むってあれだけ疑心暗鬼になってたじゃん、クビにしてやるって鬼の形相で息巻いてたじゃん！と、内心即座に突っ込んだ。突っ込みながらも、Jの言葉はその時の私の心に霧雨のように柔らかく降り注いで、それがあまりにも心地よくて、染み入った水分が溢れ出るかのようにじわじわ泣けた。泣けて、泣けて、ディルの香る暖かいスープも飲み込めなくなってしまったほどだった。

Jはもう20年近く日本にいるのに、日本語がちっとも喋れなかった。計算は得意なくせに、お金だって必ずドルに換算しないと把握できなかった。心はそんなにもアメリカに残したままなのに、日本に仕事があることや、病気をしたせいで長期間のフライトに耐えられないことで、もう随分長いこと祖国に帰れていなかった。

休みなくまくし立てるように話すのが「そろそろ帰るね」と言わせないためだというのはわかっていた。毎回私が先に音を上げて退散したので、彼の電池切れを見たことがなかったけれど、もし仮に粘ったら、ばたりと倒れるまで話し続けたんじゃないかと思う。彼自身、そんな自分をコントロールできないもどかしさを抱えているようにも見えた。

孤独なアメリカ人と、孤独な人妻。あの時たまたまマンションの上と下に住んでいた私たちは、……少なくとも私は、図ったような偶然の出会いに救われ、友情に生かされた。

それからしばらくして、引越しにとりつかれた私たち家族は、例によってＪの住むマンションを離れることになった。とはいえ新居は目と鼻の先だったし、またすぐに会えるよ、と言って、大したお別れもしなかったのだ。

Facebookのニュースフィードに、誰かがポストした「R.I.P. J」というコメントが流れ始めたのは、今から2年ほど前のことだった。

居ても立ってもいられず、かつて住んでいたマンションに駆け付けると、偶然居合わせた顔なじみの管理人さんが、「一昨日亡くなったんですよ」と教えてくれた。

Jは亡くなる直前まで、直通電話で彼を呼んでは「靴下を履かせてくれ」なんて、無茶な要求を突きつけたりしていたらしい。

「もう10年以上の付き合いでしたけどね、まったく困った男でしたよ」と、Jとそれほど年の変わらない管理人さんは笑いながら泣いて、それを見た私も、彼と一緒になって泣いた。そういえばJはこの管理人さんのことも、「スーパー元気だから」という理由で大好きだった。


今でも、料理の中に隠されたディルの香りに気付く度に、決まってJのことを思い出す。

引越しをしても、しなくても、誰もがいつかは旅立っていく。そんななかで、年齢も、性別も、国籍も、まるで違う私たちが、ある一時期、偶然にも同じ家に守られながら、本当に戻りたい場所には戻れない、どうしようもない孤独と向き合っていた。存在が心強く感じるのと同じくらい、けむたく感じることもあった。今思えば、そういうのも全部含めて、Ｊは私の家族だったのだ。だから私は、私の家族の本にこうして、Ｊのことを書き残すのだ。ままならない肉体からついに解放されたＪが、もしいつかまた、心安らぐ家に帰りたいと思ったら、いつでも私たちの家に、戻って来られるように。

おわりに

今日は朝ごはんにおにぎりを作った。子供一人に二個ずつ。いつも用意したご飯に手をつける余裕もなく出ていく娘が、さっと食べやすいように。またもし娘が食べきれなかった分は、比較的ゆっくり家を出る息子が食べられるように。……私は後から納豆ご飯を食べるのだ。

ところが、そんな今日に限って娘は5分前行動。自分の分のおにぎり二つをペロリと食べ終わると、兄に残された二つをちらっと見ながら「美味しかったな……」と、物欲しそうにつぶやく。「もう一つ食べる？」と聞くと、少し考えて「うーん、大丈夫」と言い、娘はランドセルを背負って学校に行った。

一方、後から居間に降りてきた息子の方が、今日は慌ただしかった。おにぎり一つを手に取って、ろくに腰掛けもせず口に突っ込むと「行ってきます！」と、バタバタと家を出る。結局、二人が出かけて行った後に、お皿の上に一つ残ったおにぎりが、私の朝ごはんとなった。

なにぶん私のように管理能力の低い大人が仕切る家なので、うちではとにかく色んなことが予定通りには進まない。いくら頭を回転させたところでどうしたって不測の事態は起きるし、おにぎりは余る。でも、うちに限らず世の中とは全般的に、程度こそあれ、そういうものなんだろうと最近は思う。

子供たちの育ちかたを見ていても似たようなことを感じる。息子は日々、自分が友人たちの輪の中で、いかに巧妙に笑いをとったかを自慢げに話してくるが、一方娘の方はというと、一人静かに戦国時代に想いを馳せたいからといって、友達からの遊びの誘いを爽やかに断ったりするようなタイプだ。同じ親から生まれた子供たちだが、長男と長女の性格は言うまでもなく、まるで違うのだ。分け隔てなく接しているつもりでもこうなのだから、世の中まったく、何がどうなるかなんて誰にもわからない。

けれどもこの、何がどうなるかわからない、という当たり前のことを、私たちはあまり当たり前と捉えていない節がある。それもそのはず、そんな順序立てて説明できないことは、学校で教わらないからだ。偉大な功績の影には血のにじむような努力がある。良い行いは褒められ、悪い行いは罰せられる。入口

から入ったものは出口から出てくるに決まっている、それ以外あり得ないんですよ、と言わんばかりに、世の中の様々な現象を、短絡的な構図に変換して理解することを、私たちは幼い頃から教え込まれる。そのために、決して少なくない人が、自分の身に降りかかるあらゆることを、自分の蒔いた種だと思い込む。それればかりか「あの人あんなだから旦那に愛想尽かされるのよ」「あの人あんなだから結婚できないんだよ」といったように、他人の事情までをも同様の理論で理解しようとする。それが結果として、息苦しさを伴う、過剰に自己責任を問う社会を生んでいる、というのは本文でも書いた通りだ。

幼い頃に長い時間かけて刷り込まれたものの見方というのは、なかなかすぐには体から抜けない。けれども幸いなことに、離婚という経験は、半ばショック療法のようにして、学校では教わらなかった世の中の複雑さ、その一端を、私に知らしめてくれたように思う。事実は一つでも、その原因は必ずしも一つじ

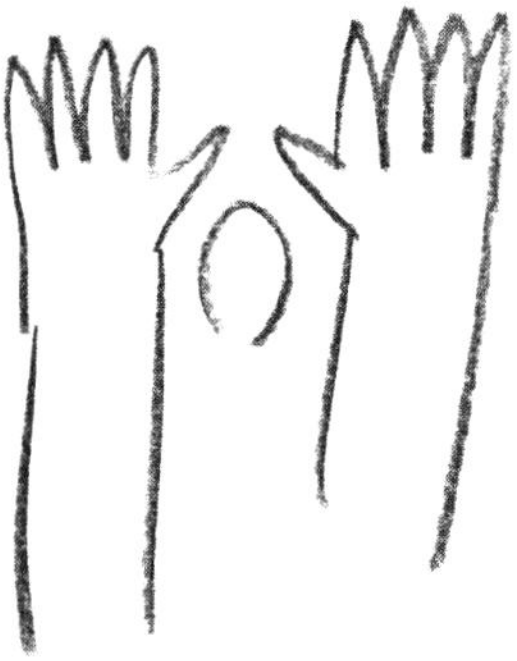

ゃない。そのことを、否が応にも学ばせてくれた。

離婚して約1年、私のブログの記事がそこそこ読まれるようになり、それを機に、ウェブメディアで2本の連載を持たせてもらうことになった。一つが『SOLO』というおひとりさま女性をターゲットにした媒体での「世界は一人の女を受け止められる」という連載。そしてもう一つが『cakes』というデジタルコンテンツ配信プラットフォームでスタートした、この「家族無計画」であった。

どちらの媒体でも、その時の私の正しいステータス――離婚歴あり、二児の母――といった最低限の情報は開示してきたものの、離婚までに起きたことを時系列に沿って書いたり、具体的にいつ頃、何がきっかけで離婚したのかという話をしたりということは、実はこれまで一度も無かった。様々な理由があったが、最たるものとしては、私が今日までそれらを、一つの筋道立った物語として整理することができなかったからだ。

10年以上に及ぶ長い結婚生活の間には、世の夫婦が往々にしてそうであるように、それはもう、色んなことがあった。先述した通り、何がどうなるかわからない、必ずしも論理的に説明できないことばかりだった。文章化するとなれば、どうしてもそんな複雑さを、ある程度は整理しなければならない。生半可な気持ちでは挑めない、大変な作業に思えた。

そんな私の背中を押してくれたのは「最初に出す本というのは、だいたいはその作者にとって、名刺代わりになるものですよ」という、お世話になっていた編集者の言葉だった。ならばいよいよ腹を括らねばならないと思った。今書いておかなければ、もしかするともう二度と日の目を見ることがないかもしれない。私はこの結婚と離婚で、自分で言うのも何だけど、ただ黙って葬るにはもったいないような、得難い体験をさせてもらった。また、他の何を言うにも、私がどんなバックグラウンドを持った人間なのかということをまず開示しておかなければ、読んでくれる人に不誠実だとも思った。

結婚の始まりから終わりまでを振り返る作業に入ると、案の定、忘れかけていた元夫への憤りを思い出してわなわなと震え、当時の私の置かれた状況を他人事のように不憫に思って、何度となく涙がこぼれた。本当に骨の折れる作業だった。そんな私を見て、ある友人は「それは卒論だね」と言った。

何とか最後まで書き終えた今、10代の終わりから20代の丸々すべてを費やした一つの物語から、本当の意味で、卒業することができるのだろう。

やっと一息……と口では言いつつ、やっぱりこの先も私は、目の前に二つの選択肢が現れれば、これまでと同じように、より予測のつかない方を、好んで選んでしまうのだろうと思う。

30歳を過ぎてようやくわかったことだが、結局はそういうのが

好きなのだ。だから仕方がない。子供たちにはせめて、自分の体験したことすべてを、大人になってから大いにネタにしてほしい。私や父親の恥ずかしい話で、貪欲にウケを狙いにいってほしい。物語のある人間は、強いぞ。

改めて振り返ってみると、普通の人よりだいぶ遅く社会人デビューした私は、今日まで本当に多くの人に助けてもらった。最も大変だった時、毎日のように駆け付けてくれた友人たち。私が社会に出る足がかりを作ってくれ、家族のように暖かく見守ってくれた非営利団体WebSigの仲間たち。執筆するイロハを教えてくださり、またネタのためにと身銭を切って高級キャバクラ見学に連れて行ってくださった芸の師匠。福岡時代、親戚のように親切にしてくれたダカフェ森家の皆さん。それから、私たちのもう一人の家族、Jことジャスティン・デイビス。加えて日頃よりお世話になっている大勢の皆様に、感謝の意に代えて、この度の私の卒業を、謹んでご報告したい次第である。

併せて、この本を書くにあたっては、私に快く連載の機会を

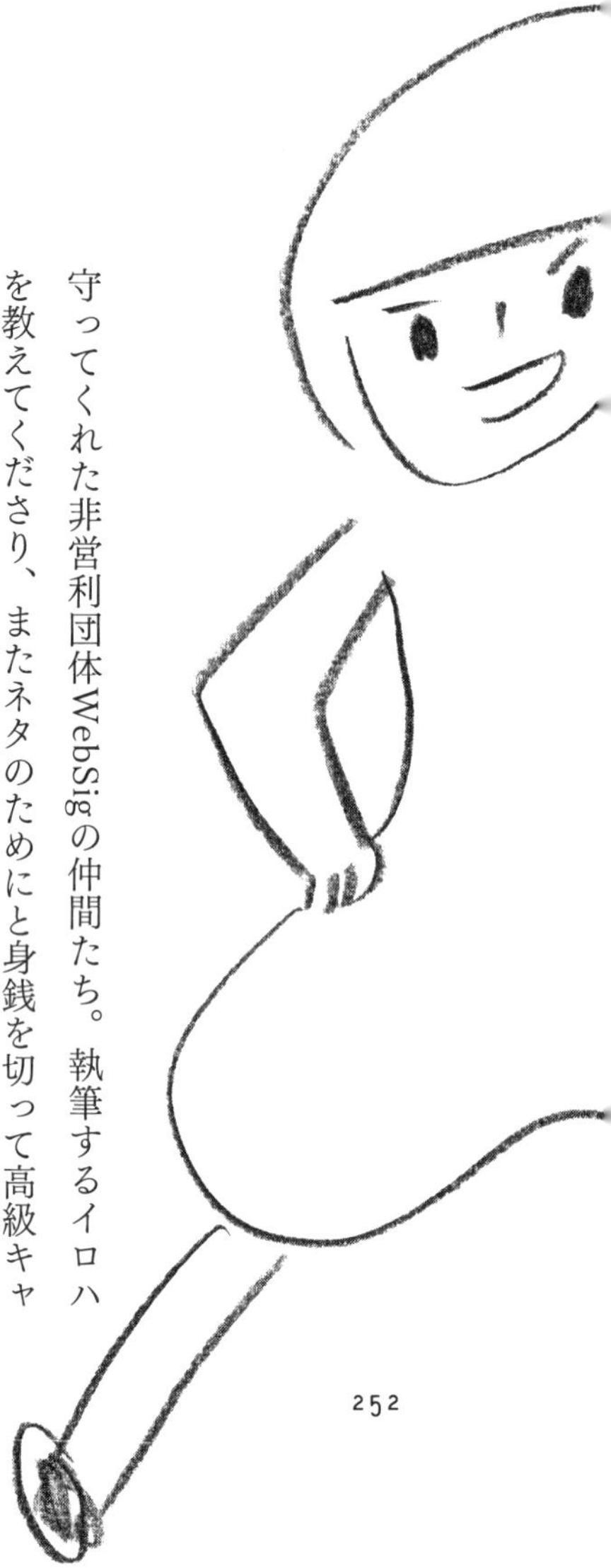

与えてくださったピースオブケイク代表取締役ＣＥＯの加藤貞顕さん、「家族無計画」という素晴らしいタイトルを考えてくれた平松梨沙さん。そして、私の子供たちを初めて見た時「あの出産からこんなに大きくなったんですね」と涙を流すほど、私のこれまでの人生に深く寄り添ってくれた、朝日出版社の平野さん。皆さんの協力がなければ、到底最後までこの本を完成させることはできませんでした。本当に、ありがとうございました。

紫原明子

◎その男、火中の栗を拾うプロ
◎本妻が説く不倫の作法
◎婚活にこそセレンディピティ
◎女の性欲を自覚せよ
◎お母さんの恋愛
◎決めごとはすべて(仮)でいい

以上は書き下ろしです。

それ以外は、『cakes』の連載「家族無計画」に2015年4月23日から2015年9月24日まで掲載された記事と、著者のブログ「手の中で膨らむ」のエントリを大幅加筆・修正した文章です。

紫原明子

（しはら・あきこ）

エッセイスト。1982年、福岡県生まれ。高校卒業後、音楽学校在学中に起業家の家入一真氏と結婚。後に離婚し、現在は14歳と10歳の子を持つシングルマザー。個人ブログ「手の中で膨らむ」が話題となり執筆活動を本格化。『cakes』、『SOLO』、『WEB DRESS』などで連載、『ポリタス』、『ハフィントンポスト日本版』、『AM』など多くのウェブ媒体に寄稿。フリーランスで企業とユーザーのコミュニケーション支援、ウェブメディアのコンサルティング業務等にも従事。その他「ウーマンエキサイト」にて「WEラブ赤ちゃん」プロジェクト発案など。本書が初の著作。

Twitter ID：@akitect

家族無計画

2016年6月10日　初版第1刷発行

著　者　紫原明子

装画・挿画　上路ナオ子
ブックデザイン　渋井史生（PANKEY）
DTP　越海辰夫
編　集　平野麻美（朝日出版社第五編集部）
発行者　原　雅久
発行所　株式会社　朝日出版社
〒101－0065
東京都千代田区西神田3－3－5
電　話　03－3263－3321
FAX　03－5226－9599
http://www.asahipress.com/
印刷・製本　凸版印刷株式会社